REMASTERIZADO

COMO A MÚSICA SALVOU A MINHA VIDA

Alexandre Cavalo Dias

poligrafiaeditora

Remasterizado
Como a música salvou a minha vida

ISBN 978-85-67962-15-3

Autor: Alexandre Cavalo Dias
Coordenação Editorial: Marlucy Lukianocenko
Projeto gráfico, Capa e Diagramação: Pedro Bopp
Ilustrações: Alexandre Cavalo Dias
Revisão: Fátima Caroline P. de A. Ribeiro

Dados Internacionais de Catalogação na Publicação (CIP)
Agência Brasileira do ISBN - Bibliotecária Priscila Pena Machado CRB-7/6971

D541 Dias, Alexandre Cavalo.
Remasterizado: como a música salvou a minha vida /
Alexandre Cavalo Dias. — São Paulo : Poligrafia, 2019.
160 p. ; 21 cm.

ISBN 978-85-67962-15-3

1. Literatura brasileira. 2. Romance. 3. Música.
I. Título.

CDD B869.3

poligrafiaeditora

Poligrafia Editora e Comunicação Ltda-Me.
www.poligrafiaeditora.com.br
E-mail: poligrafia@poligrafiaeditora.com.br / poligrafiaeditora@uol.com.br
Rua Maceió, 43 – Cotia/SP – CEP 06716-120
Fone: 11 4243.1431/ Cel. 11 99159.2673

Para que meu pai, Domingos,
e meu filho Pedro pudessem
ler uma história minha.

Ziggy played guitar

— Ziggy Stardust (David Bowie)

Agradecimentos

Escrever um livro é um trabalho solitário, porém ele não se faz sozinho. Tem um monte de pessoas que, de um jeito ou de outro, colaboram para que o autor não se entregue a fantasias pouco criativas ou entre em labirintos estilísticos insolúveis.

Agradecimentos especiais para meu amigo Kaled Kalil, pelas inúmeras conversas sobre livros e músicas; para meu irmão André, pela força; para Viktor e Carol, pela torcida.

Para Marcelo Campos e Weberson Santiago, amigos com quem compartilhei a história desde a ideia inicial e que botaram fé. Ao meu professor de harmonia, Heraldo Paaman, que me fez "ver" as músicas com outros "ouvidos".

Podem não acreditar, mas todas essas pessoas, de alguma forma, me ajudaram com esta história.

Agradecimento especial à minha editora, Marlucy, que fez comentários pertinentes e acreditou no livro.

Ao meu companheiro de luta dentro da música, Oswaldo Vecchione, que gastou tempo e paciência para escrever palavras generosas sobre o livro.

À Ju Vechi, que colocou o projeto nos trilhos quando eu estava perdido e não deixou o livro ir pro limbo das coisas incompletas.

Aos músicos, artistas e bandas que tornam a existência um pouco mais suportável.

Aos meus companheiros de banda e de música.

Para meu novo amigo Guilherme Afonso pela ideia do podcast.

Notas do autor

A palavra "notas" tem um significado especial neste livro. Literalmente, são notas musicais. Minhas primeiras lembranças de música não são de canções infantis. São de ouvir discos do Edu Lobo, óperas de Verdi e valsas de Strauss, aconchegado no colo do meu pai, até dormir. Memórias queridas, que preservo com o cuidado de quem possui uma joia rara.

Como a música acabou fazendo parte da minha vida de um jeito que se tornou impossível me separar dela, quis fazer uma homenagem. A ideia era inventar uma história onde eu pudesse falar da emoção que senti ao ouvir os discos durante a fase de minha formação como músico e escritor. Alguns deles foram realmente os primeiros que consegui comprar e ouvia vezes sem fim, na mesma vitrola alemã de alta fidelidade de meu pai.

Juntei todas as memórias musicais e afetivas num caldeirão. Comecei a mexer até sair uma história que seria apenas pano de fundo para a música. O problema dos livros e das personagens é que eles têm a mania irritante de ganhar vida própria. Por mais que o escritor tente, quando querem andar sozinhos, não há como fazê-los parar. Foi o que aconteceu. A história ganhou uma proporção emocional que eu não esperava e talvez seja isso o que me faça ter tanto carinho por este livro.

Para finalizar, que ninguém está aqui a fim de ler prefácios, devo explicar que o Remasterizado não é um livro autobiográfico. Nunca fui atropelado, nem estive numa cadeira de rodas. Meu pai, até aqui, está vivo e com uma saúde de ferro. Somente alguns sentimentos provocados pelos discos citados no livro podem lembrar coisas por que passei: como eu disse, o livro e as personagens ganharam vida própria. Apenas costurei aqui e ali nessa história de amor, ódio e música. Um livro para ler e ouvir.

LADO A

LADO B

LADO A
STEREO

FAIXA 1

Hospital

Recordo o pior dia da minha vida até um determinado momento, depois tudo fica nebuloso, como num sonho. Lembro que o dia começou muito feliz, conversava com meu pai sobre nossas férias. Havia acabado meu ano escolar e eu estava com ótimas notas. Era o meio da minha adolescência, com todas as suas alegrias e agruras. Com notas boas, eu tinha adquirido o direito de duas semanas de sol, *surf* e água de coco. Em poucos dias, iríamos para uma linda e ensolarada praia no litoral norte. Falávamos justamente de *surf* quando uma onda em forma de carro, em alta velocidade, atravessou o semáforo vermelho. A última coisa que ouvi foi o som da buzina, logo em seguida um empurrão forte me atirou longe e, depois, silêncio. A distração com a conversa era total. Tanta, que não percebemos o carro avançando o sinal. Soube, dias depois, que o velho se colocou entre mim e o automóvel, recebendo todo o impacto, amortecendo o golpe principal. Foi o que salvou minha vida. Somente a minha. Ele morreu na ambulância, a caminho do hospital. Gostaria de esquecer que esse foi o último gesto de amor que meu pai fez por mim e, simplesmente, agradecer por todos os outros a que não dei atenção ou que não percebi, por estar muito preocupado com meu próprio umbigo.

Queria senti-lo próximo a mim de novo, a segurança que ele me passava quando eu precisava de ajuda. Não pense que sou sozinho no mundo. Nada disso. Tenho uma mãe. Aliás, uma mãe fantástica. Aguentou tudo e continuou levando a vida. Certas noites, eu a ouço chorando no quarto. É mesquinho, porém reconfortante saber que não estou sozinho na dor. Ela sente falta do meu pai. Não do jeito que eu sinto. Minha mãe experimentava o vazio deixado pela morte da pessoa que ela havia escolhido para viver ao seu lado. Isso nos aproximou ainda mais.

Acredito que meus pais se amavam de verdade. Mesmo depois dos quinze anos casados, eu sempre via os dois se beijando. Confesso que, quando mais novo, sentia repugnância daquela troca de carinho na minha frente. Eu achava beijo na boca uma coisa nojenta e eles riam, dizendo que eu ia gostar muito quando crescesse um pouco. Admito, acertaram em muitas coisas, não só em relação ao beijo.

Quando acordei na cama de um hospital, não entendi nada. Fiquei lá num estado de sonho vegetativo por alguns dias e foram me contando aos poucos o que havia acontecido. Minha memória estava toda embaralhada, parecia trechos de filmes diferentes montados por um cego. As cenas apareciam de relance, para depois sumirem. Nada fazia sentido.

Ainda ia demorar um pouco para eu recuperar a capacidade total de pensar direito e colocar as ideias em ordem, mas a cabeça melhorava rapidamente. Já o corpo, não. Este estava um caco. A perna esquerda, engessada e cheia de ferragens, era um poço de dor. Havia sofrido uma operação enquanto eu fazia um estágio em algum lugar do inconsciente. Pra resumir, fiquei em coma por um curto espaço de tempo e assim que saí do estado vegetativo, operaram minha perna. Eu precisaria de mais uma cirurgia para colocar todos os ossos, músculos e tendões no lugar. Meu rosto doía muito, o nariz estava quebrado, alguns dentes moles, a face e a boca com cortes, ainda assim o resto todo estava em melhor estado que a perna. A cabeça, que poderia ser o pior ferimento, era dura o suficiente pra aguentar a pancada, com cortes e escoriações superficiais, porém ilesa de qualquer dano mais sério. O cérebro voltaria a funcionar perfeitamente, segundo os médicos, em algumas semanas. O braço direito também me maltratava, mas não era nada. Como os tendões não sofreram danos, estava fácil de arrumar. Tudo isso fora outras coisas menores, como costelas e dedos com luxações. Enfim, eu era um cara de dezesseis anos, que não sairia de casa pelos próximos meses e teria que dar duro na fisioterapia se quisesse subir numa prancha ou no skate de novo. Alguns achavam que eu deveria agradecer se voltasse a andar sem muletas. Acontece que eu estava vivo e meu pai, não, e isso fazia toda a diferença na minha atual falta de motivação.

No hospital, recebi muitas visitas de amigos da escola e parentes. Nunca me deixavam sozinho. Eu não conseguia falar direito, e nem queria. A única coisa que me passava na cabeça era que aquilo não podia estar acontecendo comigo. Eu tinha pesadelos com o carro passando o semáforo e atropelando a mim e a meu pai. Também sonhava com meu pai vivo, e esses eram os sonhos mais dolorosos. No hospital, me mantinham sedado. Os remédios ajudavam a manter a dor em patamares toleráveis, mas dificultavam o raciocínio. Eu não conseguia pensar direito. Eu não conseguia sentir direito. Não só as dores do corpo, mas um tipo de dor que se mostraria muito pior que qualquer dano físico: a dor no coração. A única coisa que eu podia fazer, com toda a minha força, era negar, era não acreditar no que estava acontecendo. Quando você é jovem, acha que é indestrutível e que nada pode te acontecer. Até acontecer.

O desespero bateu forte quando me contaram que o enterro do meu pai tinha sido lindo, me falaram das pessoas que compareceram, dos muitos abraços que me mandaram. Foi nesse momento que senti aquela outra dor de que eu falava. Uma dor funda que parecia vir do estômago, um vazio que seguia direto ao coração. A dor do irremediável. Meu pai estava morto e enterrado. Ponto. Finalizado. Sem volta. A partida não se reinicia quando apertamos um botão. Nem dar um adeus pra ele eu pude, preso numa maldita cama, e agora com todas as dores possíveis. Nem em meus piores pesadelos eu podia imaginar o que se passaria comigo. E lá, no hospital, a única coisa que eu fazia era achar que a qualquer momento acordaria, iria voltar pra casa e ver meu pai com sua pilha de discos, livros e uma cerveja. Ele me convidaria pra sentar ao seu lado e ouvir um som e dessa vez eu faria exatamente isso. Pediria pra ele aumentar o volume e me contar histórias daquelas músicas todas que ele adorava ouvir. Falo dessa vez por que nunca fiz isso. Quantas vezes pedi pra ele me deixar em paz, que eu não queria saber daquelas músicas de velho? Perdi a chance de conhecer o homem que me amava tanto a ponto de dar sua vida por mim. Você deve estar se perguntando: como é que um filho não conhece o próprio pai? Eu respondo com outra pergunta: qual garoto ou garota de dezesseis anos conhece verdadeiramente os pais? Comigo não era diferente. Eu morava com aqueles adultos e sabia que me amavam, agora conhecê-los era outra coisa. Não conhecia seus anseios, não sabia o que eles queriam, quais seus sonhos, quais seus medos. Ele era um cara que gostava de música, tocava instrumentos, lia livros com nomes estranhos e capas caindo aos pedaços e, principalmente, mesmo com toda a minha retração, era o cara que nunca desistia de mim. Nunca se cansava de me chamar pra ouvir ou ver coisas diferentes, nunca se cansava da minha companhia nas viagens. Era quem me dava duras quando precisava, mas que me empurrava pra frente e me elogiava quando eu merecia. Esse era o pai que eu via, um pai idealizado. Em nenhum momento passou pela minha cabeça que aquele homem tivesse outros desejos, medos, mágoas, defeitos, alegrias dissociados da minha pessoa. Sempre tive a certeza de que a vida de meus pais girava ao meu redor. O egoísmo, o egocentrismo e outros *-ismos* de filhotes humanos.

Essa foi minha vida no hospital. Uma eterna negação do que havia acontecido. Até o dia em que me deram alta. Nunca mais poder falar com ele, vê-lo, rir com ele e outras coisas iriam quase me matar de saudades, tristeza e remorso. E isso não é uma força de expressão, estou falando literalmente. Foi quando meus problemas realmente começaram. Vocês vão ver.

FAIXA 2 De volta para casa

O período de hospital foi terrível, admito, porém nada comparado aos primeiros dias da volta pra casa. No hospital, eu tinha feito duas cirurgias na perna, fui costurado com não sei quantos pontos, cuidaram do meu rosto e meu braço já estava sem gesso e funcionando. Os cuidados eram constantes e a qualquer sinal de dor mais forte, as enfermeiras me davam remédios. Em casa, não dava pra ter o mesmo tratamento e a ordem médica era para diminuir os medicamentos, pro meu corpo se recuperar. E o pior é que, para eles, a dor era uma coisa natural, ainda mais depois de um acidente como o meu. Minha perna doía demais. O pescoço e o braço tinham melhorado, mas ainda doíam e eu sabia que a fisioterapia seria uma tortura. Tudo isso era suportável. Eu precisava mesmo era de um remédio para outro tipo dor. Aquela que vem da saudade. Um remédio que tirasse o sentimento de vazio da perda, aquele nó na boca do estômago, o ódio de tudo, uma vontade de destruir e devolver para o mundo toda a raiva por ele ter tirado meu pai tão cedo da minha vida.

Minha mãe tentava me animar e eu era grosseiro com ela. Descontava nos meus amigos minha frustração e depois, é claro, me arrependia. Ofendia, jogava na cara de qualquer um o meu estado.

Gritava que quem ia ficar aleijado era eu e que ninguém sabia o que estava sentindo. Um verdadeiro babaca, afinal, a chance de ficar aleijado não era tão grande assim.

Uma mãe aguenta um filho mimado por amor; os amigos não têm essa obrigação. Extrapolei todos os limites da civilidade. A maioria se cansou da minha péssima educação em um curto espaço de tempo, uns poucos que restaram foram se afastando. Até que fiquei só. Para mim, era uma forma de defesa. Uma forma idiota, confesso, mas um jeito de dizer ao mundo o que eu queria. Não, mais que isso, do que eu precisava. Eu queria ficar só e lamber minhas feridas. Era uma viagem que eu tinha que fazer comigo mesmo. Talvez a única presença aceitável fosse o permanente fantasma do meu pai rondando todos os cantos daquela casa. Seu lugar na mesa, a cadeira sem braços da sala, cujo estofado acusava a idade, onde ele gostava de sentar pra tocar, o sofá onde tomava uma cerveja ouvindo músicas, a pilha de discos desorganizada que ele sempre falava em arrumar e limpar, mas nunca o fez, a vitrola, seu aparelho de barbear que ainda estava no banheiro, a caneca de café preferida. Coisas simples que me traziam lembranças doloridas.

O pior era olhar pra tudo e sentir uma imensa saudade, saber que tinha perdido todas as chances de conhecê-lo melhor e de ter uma vida ao seu lado.

E tinha a música.

Hoje, acredito que o casamento dos meus pais deu certo por que minha mãe nunca se interpôs entre meu pai e sua amante mais antiga: a música. Ele ouvia de tudo. Tinha jazz, música popular, erudita, mas o que mais o emocionava eram os discos de rock de décadas passadas.

Por um tempo, minha raiva era tal que cheguei a pedir pra minha mãe queimar ou dar aquele monte de discos empoeirados que ocupavam um espaço enorme na nossa pequena sala. Olhar os discos me dava nos nervos. Era como esfregar na minha cara que eu era um ingrato desgraçado. Quando tive chance de estar com meu pai e ouvir um pouco de música em sua companhia, eu não quis saber, e agora ficava choramingando feito um imbecil. Minha vontade era de tocar fogo em tudo.

FAIXA 3 A vitrola

Levei uma das maiores broncas da minha curta existência por causa da música. Depois de ter mais um ataque de raiva, quebrando algumas coisas no meu quarto, fui até a sala, decidido a jogar aquela pilha de discos pela janela. Eu não precisava ficar olhando praquele monstro que zombava de mim o tempo todo.

Aquela jovem senhora a quem eu chamava de mãe se transformou. Ela cresceu e virou uma fera. Disse, sem aumentar o tom da voz, o que foi ainda mais sinistro, que se eu mexesse nos discos do marido (nem comentou que era meu pai também), ela iria esquecer nosso grau de parentesco e quebraria minha outra perna. Coisa que ela vinha tendo vontade devido às múltiplas grosserias que eu fazia com ela e com todos os que entravam naquela casa. Tentei duvidar da ameaça, sem muito sucesso. Acredito que, se eu tivesse sequer encostado na pilha mofada, ela teria realmente quebrado minha outra perna.

Aliás, muito prazer, eu sou João. Acho que ainda não disse isso em nenhuma parte desta história. Não tenho culpa, meu pai adorava John Lennon e minha mãe, João Gilberto, então fiquei simplesmente João.

Voltando à minha mãe. Não contente em me deixar bastante assustado, ela ainda arrematou que se eu

John Lennon (09/10/1940 – 08/12/1980): *músico britânico, fundador dos Beatles. Um dos compositores mais importantes da música popular do século XX.*

João Gilberto (10/06/1931 – 06/07/2019): *compositor, cantor e violonista brasileiro, nascido em Juazeiro/BA. Pioneiro da bossa nova e uma lenda na música popular.*

não estivesse tão preocupado em sofrer, odiar o mundo e essas coisas egoístas, iria ver que o melhor jeito de honrar a memória do meu pai e matar a saudade era com a música. Ainda me encarou por um minuto, esperando uma possível réplica, que teria sido rebatida com uma tréplica e talvez uma perna quebrada. Como não tive coragem nem de respirar, ela saiu dando a batalha por vencida, coisa que tinha realmente acontecido. O que eu não esperava era que minha mãe não tivesse vencido apenas uma batalha. Ela tinha vencido a guerra toda.

Fiquei ali, parado, totalmente sem reação. Lembrei que precisava voltar a respirar e fiz isso com dificuldade. Pensava com os meus botões: como ela podia ser tão cruel com um cara numa cadeira de rodas? E o pior é que esse cara era eu, seu filho. Que maldade! Foi quando eu tive uma "epifania". Essa súbita sensação de entendimento da essência divina de algo. Não sabia o que era isso na época, mas hoje eu tenho certeza de que era uma verdadeira "epifania". Digamos que eu vi o quanto estava sendo um idiota, babaca, egoísta, imbecil e outros adjetivos que não convém colocar aqui. Meus amigos tinham caído fora, a pessoa mais próxima a mim não me aguentava mais e eu continuava com minhas mesquinharias.

Você deve estar pensando: agora o garoto aprendeu a lição e vai melhorar. Sem chance, isso não é autoajuda. Minha mãe ganhou a guerra e eu simplesmente me rendi. Mergulhei fundo na depressão, enterrei-me no buraco que eu chamava de vida. Tudo piorou muito.

FAIXA 4 Dentro da concha

Fui parar dentro de uma concha. Claro que isso é modo de dizer. Mas a alegoria serve perfeitamente. Fiz uma carapaça e me escondi dentro dela. Pedi divórcio do mundo. O lance é que uma concha tem uma acústica muito própria. Parece que a gente ouve o mar dentro dela. Alguma coisa na concha lembra os estúdios de gravação aonde eu ia com meu pai, muito a contragosto, tenho que esclarecer. O som da concha parecia o som de uma sala de gravação. Um som que era ausência.

Não pensem que eu sou um ingrato ou que não gostava do meu pai e agora estou apenas me lamentando tardiamente. Eu o amava. A gente fazia muitas coisas juntos. Ele me ensinou a surfar, me fez amar o cinema, gostar de matemática, me mostrou como andar de bicicleta sem rodinhas e como chutar uma bola. Eu adorava as pequenas viagens que a gente fazia quando a grana dava. Ele era a pessoa com quem eu podia contar nos momentos complicados da vida de garoto. Mas eu não conseguia ter com a música uma relação pacífica. Diferente da minha mãe, eu achava que a música era uma rival terrível, que me roubava o pai. A música o afastava de mim por horas preciosas. Eu não entendia que música era vital. Eu sentia ciúmes quando ele se isolava do mundo pra ficar ouvindo os discos ou passava horas em estúdio tocando. Fui crescendo e isso fincou profundas raízes dentro de mim. Mesmo depois de já compreender as necessidades do velho, essas raízes sempre me faziam ter a sensação de que a qualquer momento seria deixado de lado pela música. Claro que era um pensamento completamente irracional. Na verdade, isso nunca aconteceria.

Acho que minhas rusgas com a música começaram quando tivemos a primeira conversa de "homem pra homem". Eu devia ter uns quatro ou cinco anos. Ele estava tocando na sala e eu queria falar alguma coisa importante, que não podia esperar. Não tive dúvidas. Segurei o braço do violão, abafando as cordas pra chamar sua atenção. Meu pai estava de olhos fechados. Abriu-os devagar e soltou um suspiro. Aposto que se controlava pra não me jogar pela janela. Eu já tinha ouvido um milhão de vezes que não devia interromper o papai nem ninguém que estivesse tocando ou conversando ou fazendo alguma coisa que não me dizia respeito. Nunca tinha dado muita bola. Era uma criança pequena e crianças fazem o que lhes dá na telha. Ele me encarou e disse para nunca mais interromper, daquela forma grosseira, alguém que estivesse tocando um instrumento. Não sei se foram essas as palavras exatas, mas esse era o sentido e, mesmo sendo uma criança, compreendi perfeitamente e nunca mais fiz de novo. Só que isso despertou em mim uma aversão pela música. Não qualquer tipo de música. Somente a música de que ele gostava. Óbvio que eu gosto de música, que garoto não gosta? Só que acabei descobrindo meu próprio mundo, que era justamente o oposto do que ele fazia e curtia.

Meu pai me guiou pela mão em todos os passos, só não conseguiu me fazer gostar do que ele mais amava na vida. Sentia que ele estava esperando o momento certo para reverter a situação e me abrir para o seu mundo sonoro. Talvez esperando que eu estivesse pronto para ouvir e aprender com ele, assim como ele insistia em ouvir as músicas de que eu gostava, tentando entender meu universo musical. Eu achava uma intromissão intolerável e hoje vejo que era vontade de estar perto de mim e de saber como pensava o seu garoto, uma espécie de reciclagem que eu poderia proporcionar, passar mais tempo ao meu lado e aprender a me conhecer. Ele se esforçava muito. Eu? Nem tanto.

A concha se fechou e, dentro dela, eu estava preso com minha cadeira de rodas e mais raiva, tristeza, frustração e solidão do que alguém podia aguentar.

FAIXA 5 A presença

Naquela noite, vi, pela primeira vez, algo estranho. Ver não é bem a verdade. Apenas senti uma presença dentro do meu quarto enquanto entrava em mais uma noite de vigília e dores. Era um momento em que eu estava sentindo muita pena de mim mesmo e me perguntava o que tinha feito ao mundo pra ser tratado daquele jeito.

Estava especialmente amargurado, pensando em coisas pouco ortodoxas, como acabar logo com aquela agonia. Nunca fui dado ao sofrimento, nunca tinha passado por revezes. Até aquele acidente, a vida tinha sido bastante generosa comigo. Agora, cobrava com juros exorbitantes meus dezesseis anos de felicidade. Não estava acostumado a sentir dor e só de pensar o quanto eu ainda teria que passar para voltar a andar ou colar os pedaços do meu coração, me deu um cansaço infinito. Uma vontade de terminar logo com tudo. E se eu não voltasse a andar? Se ficasse preso para sempre naquela cadeira de rodas? Eu seria forte o bastante para suportar?

Foi nesse momento de fraqueza, no escuro do quarto, com o Mestre dos Sonhos jogando areia nos meus olhos, que eu senti a presença de alguém ou alguma coisa. Estava pensando nas possibilidades que eu tinha pra abreviar a vida quando algo invadiu minha solidão, como se atendendo a uma mensagem dentro da garrafa. Senti-me ridículo quando perguntei pra escuridão quem estava ali. Como não tive nenhuma resposta, arrematei com um delirante: "Pai? É você?".

Mestre dos Sonhos: *Lorde Sonho, dos Perpétuos, personagem da saga Sandman, escrita por Neil Gaiman para o selo Vertigo da DC Comics. Também é o nome em português de um filme de terror de 1993, cujo ator principal e diretor foi encontrado morto no final das filmagens.*

Comecei a respirar com dificuldade. Tinha certeza de que tinha alguém no quarto, me observando. Forcei a vista para tentar achar o que estava me fazendo companhia, mas não vi absolutamente nada. Acendi a luminária ao lado da cama com cautela e suando frio; não queria ter uma surpresa desagradável. Quando a luz acendeu, obviamente, não havia ninguém no quarto.

Passado o susto, soltei o ar e voltei a respirar normalmente. Quem quer que tenha me visitado havia ido embora. Ou seria só minha imaginação começando a me pregar peças? Já tinha ouvido falar que esses remédios que eu tomava podiam ter efeitos colaterais bem estranhos. Mas a presença era muito forte pra ser ignorada.

Estava bastante amedrontado. Queria muito que fosse meu pai vindo em meu socorro, como ele fazia quando eu era menor e tinha pesadelos à noite. Sofri muito com "terrores noturnos" na infância e ainda hoje esses pesadelos me atormentam e me fazem passar noites espreitando. Quando criança, acordava gritando e meu pai vinha, com toda a calma do mundo. Conversava comigo, olhava debaixo da cama e dentro do armário. Verificava a janela e só ia embora quando me convencia de que não havia nada no quarto. Como eu queria levantar e dar uma espiada embaixo da cama ou dentro do armário agora! Consegui conciliar o sono com o dia clareando. Dormi como uma pedra até as nove horas. Minha mãe entrou no quarto pra ajudar com as necessidades básicas. Estava especialmente animada naquela manhã. A gente ia fazer os primeiros exames pra ver se minha perna estava melhor e se as cirurgias tinham sido um sucesso. A esperança estava estampada no seu rosto sorridente.

O sol veio morar dentro do meu quarto quando as janelas foram abertas abruptamente. Senti-me um idiota por ter imaginado as coisas à noite. Era impossível pensar em fantasmas no quarto com o sol invadindo tudo e iluminando a vida.

FAIXA 6 Uma garota com nome singelo

O médico tinha duas notícias para mim. Uma muito boa e outra nem tanto. A novidade animadora era que as cirurgias tinham dado certo, eu não precisaria de mais nenhuma operação. Só que o tempo de recuperação tinha aumentado, e isso não era bom. O doutor iria me manter por três meses na cadeira de rodas para, só então, começar a fisioterapia na perna quebrada. O resto do corpo precisava se exercitar imediatamente. Podia ser em casa mesmo. Passariam uma série de exercícios que eu mesmo podia fazer. Minha mãe comemorou. O fato de não ter que fazer outra operação arriscada era um alívio. O braço estava completamente curado e todos os outros ferimentos também. Uma boa recuperação, segundo o doutor. Pra comemorar, fomos tomar sorvete e passear em um parque. Ela disse que eu precisava de um pouco de sol e ar puro.

Deixou a cadeira de rodas, comigo em cima, de frente para o lago e foi atrás do sorvete. Estava de ótimo humor e ainda fez piada, dizendo pra eu não sair dali. "Pra onde eu iria?", respondi, de má vontade. Levei um beijo no rosto, como recompensa à minha birra, que me deixou com peso na consciência.

Estava ali, com a perna pra cima, vendo os patos nadarem pra lá e pra cá e me sentindo um verdadeiro pateta adolescente mutante aleijado quando ela apareceu. Saiu de não sei onde e me assustou perguntando, sem rodeios, sobre as ferragens da minha perna. Fiquei momentaneamente apavorado vendo aquela garota magricela, branca como uma folha de papel, contrastando com os olhos, cabelos e roupas pretas, sem contar algumas tatuagens. Uma versão juvenil da Morte de Neil Gaiman. Reclamei que era um cara doente e que ela podia ter me matado de susto.

Morte: *personagem criada por Neil Gaiman para o selo Vertigo da DC Comics.*

Neil Gaiman (10/11/1960): *autor britânico que escreveu, entre muitas coisas, "Deuses Americanos" e, meu preferido, "Os Filhos de Anansi".*

A garota pediu desculpas e perguntou se podia tocar nas ferragens que ficavam à mostra na minha perna. Deixou-me bastante constrangido. Parecia intimidade demais para uma primeira conversa. Neguei, dizendo que doía muito quando eu mexia qualquer coisa na perna. Achei muito estranhos os gostos daquela garota, que não parecia ser mais velha que eu. Ela notou, mas parecia não ligar pra isso. Devia estar acostumada a acharem seus gostos exóticos. Chamar de exótico era bem gentil; ela parecia uma adolescente saída dos filmes do Robbie Zombie. Acredito que ela não devia dar muito ouvido a opiniões alheias. Disse que gostava dessas coisas estanhas que faziam parte do corpo.

Robbie Zombie (12/01/1965): *músico americano de metal que também é produtor musical, roteirista e diretor de cinema.*

Não pude deixar de notar que a menina era adepta de tatuagens, brincos espetados pelo corpo e qualquer outra novidade nesse sentido. Achei muito estranho, já que ela não parecia ter mais que dezesseis anos, e perguntei como conseguia fazer aquilo sem que seus pais a colocassem num colégio interno para moças desajustadas. Era a primeira vez que eu fazia uma garota rir. Não estava muito acostumado a isso. Explicou que o pai não ligava e ela tinha um RG falso que a capacitava a todas essas experiências. Perguntei se não tinha medo do arrependimento. Afinal, as tatuagens eram para sempre. Respondeu-me que a vida era muito curta pra pensar em arrependimentos. Lembrei-me da minha mãe falando o quanto as garotas eram muito mais rápidas e astutas que os garotos. Falando no diabo, ele mostra o rabo. Mal pensei e ela já estava ali, me envergonhando, com dois sorvetes na mão. E não perdeu tempo em me envergonhar ainda mais, dizendo que, se soubesse que eu teria companhia, teria trazido mais um sorvete. A garota de quem eu ainda não sabia o nome agradeceu a gentileza e ainda ironizou, dizendo que eu ficava bem bonitinho com aquela cara toda vermelha. Se eu não estivesse preso a uma cadeira, teria pulado no lago.

Minha mãe se apresentou e ela disse seu nome: Maria. Simples assim. Como uma garota daquelas podia chamar-se singelamente Maria? De singela, não tinha nada. O lance é que ela se deu bem com minha mãe, que me apresentou como seu filho João. Dois nomes simples, de contos infantis. As duas foram conversando como grandes amigas, enquanto empurravam o otário aqui pelo parque, praticamente esquecido.

FAIXA 7 A caverna

Voltei para casa com uma mãe muito animada ao volante, exaltando minhas qualidades de conquistador barato, e eu retrucando que ela me matava de vergonha quando ficava amiga das minhas amigas e contava pequenos pecados íntimos que deviam ficar dentro do imaginário familiar, e não pulando por aí como peça publicitária. Ela respondeu, entre risonha e séria, que não podia me envergonhar diante de amiga nenhuma, já que eu não tinha amiga alguma. Estava coberta de razão. Nada como uma discussão familiar para espantar um pouco a tristeza.

Jantei com minha mãe e fiquei feliz por ela estar sorrindo pela primeira vez, depois de meses de profunda desilusão. Mas esse pequeno prazer durou pouco. De qualquer maneira, eu tinha que voltar para minha caverna e ficar de repouso. O dia tinha sido excitante demais e meu corpo se ressentia da agitação. Voltar pra cama e para as dores noturnas não era o melhor jeito de terminar aquele dia.

Peguei meu celular e fui ver umas séries, sabia que não ia conseguir pegar logo no sono e precisava de distrações. Não queria pensar na presença que eu havia sentido na outra noite, e muito menos em Maria. Ela tinha mexido comigo mais do que eu gostaria de admitir. Não queria alimentar falsas esperanças. Já era ruim o bastante sofrer o luto; somar a isso uma rejeição não ia melhorar a situação.

No meio de uma briga dos irmãos Winchester com um Demônio de Olho Amarelo, o telefone toca e congela a imagem. Não acreditei. Era a própria garota dos sonhos, irmã do Sandman, atriz dos filmes do Robbie Zombie, me ligando.

Irmãos Winchester (Sammy e Dean) e Demônio do Olho Amarelo são personagens da série de TV americana "Supernatural" ("Sobrenatural", em português), criada por Eric Kripke para a Warner.

Eu me perguntava o que uma garota tão descolada como Maria tinha visto num idiota como eu. Atendi com a vontade de ser desagradável como vinha sendo com todo mundo. Controlei o impulso à força quando ela perguntou, com certa timidez na voz, se tinha me acordado. Contei pra ela sobre minhas noites mal dormidas por conta dos remédios e das dores. Ela também sofria de insônia e também gostava de "Supernatural". Achava o Sammy sem graça, desculpou-se antecipadamente pelo que ia dizer, mas o Dean era uma delícia. Ainda bem que ela não estava me vendo, fiquei vermelho de novo. Ouvi-la falar daquele jeito me deixava desconfortavelmente excitado.

Sabe quando você encontra alguém e sai falando pelos cotovelos, como se fossem os melhores e mais antigos amigos? Foi isso o que aconteceu.

Trocamos algumas confidências. Maria me disse que também havia perdido alguém próximo. Sua mãe morrera de câncer quando ela tinha 12 anos e, de lá pra cá, seu pai aparecia com garotas que poderiam ser sua irmã mais velha. Ela não curtia muito esse lance de ele se amarrar em mulheres tão jovens, mas entendia e até achava que, no final, era melhor. Assim ele podia deixá-la em paz por algum tempo, com esse tipo de distração, já que o pai parecia viver para ela e isso era um tanto sufocante. Falou sobre muitas coisas, deixando o mais importante de lado. Nas entrelinhas, eu pude desvendar umas migalhas da personalidade forte de Maria. Isso tudo passava pela minha cabeça intuitivamente, não era racional. Eu não tinha maturidade suficiente pra verbalizar e ter uma conversa mais profunda naquele momento.

O outro assunto que a interessou muito foi quando contei sobre minha experiência com a presença no meu quarto. Ela pediu todos os detalhes possíveis. Adorava histórias de fantasmas e pesadelos. Não tinha muitos detalhes, acabei inventado uns tantos pra continuar coversando com ela, só que um não era inventado. O melhor jeito que tinha para explicar era ela ver o quadro "O Pesadelo". Eu me sentia como se alguma coisa estivesse sobre mim, me impedindo de levantar e de respirar normalmente. Tudo isso sob o olhar vigilante de uma coisa ao fundo. Para minha surpresa, Maria conhecia a pintura. Já havia visitado o Instituto de Artes de Detroit com o pai e visto o quadro. Completou dizendo que se lembrava muito bem da obra, pelo interesse perturbador que ela tinha provocado.

***O Pesadelo:** quadro de 1781, pintado a óleo pelo anglo-suíço Johann Füssli (Henry Fuseli).*

Como eu não podia sair de casa, ela falou que passaria aqui um dia desses pra conversar comigo e dar um oi pra minha mãe – que, para minha enorme desventura, ela tinha adorado. Maria desligou o telefone e logo depois eu estava dormindo profundamente, como se nada no mundo pudesse me atrapalhar.

FAIXA 8 Pesadelo real

Claro que não tive um sono calmo e reparador. A madrugada trouxe o pior pesadelo da minha curta experiência neste mundo. Não sei se foi exatamente assim como vou contar, a memória tende a nos pregar peças, mas é assim que me lembro.

Meu sono era agitado por conta das dores que sentia, por não poder me mexer e pelos remédios. Só agitado. Nada anormal, como o que aconteceu em seguida. Começou como um sonho comum, em que minha perna estava boa e meu pai não tinha morrido. Tudo certo, como antes do acidente. Paz e felicidade, até que sinto, dentro do sonho, a mesma presença da noite anterior. Não era uma simples sensação, uma coisa forte, sem a neutralidade do outro dia. Uma força sinistra estava ao meu lado. Abri os olhos dentro do sonho e o quarto estava escuro. Era a presença me rondando, como um tubarão faminto. Tentei levantar e uma paralisia horrível tirou meus movimentos. Alguém pairava sobre a cama, como se flutuasse com os pés muito próximos à minha barriga.

Com muito esforço, rastejei sobre o colchão pra sair debaixo daqueles pés e encontrar o interruptor da luminária que eu usava para leitura. Encontrava alguma dificuldade em me mexer, não queria tocar nos pés flutuantes. Não sei como eu sabia. Só sei que sabia que, se tocasse os pés, alguma coisa horrível iria acontecer. Contorci o corpo inteiro e alcancei o interruptor da luminária; quando achei o cabo, acabei esbarrando no cone que envolve a lâmpada e ela caiu no tapete. Virei ainda mais o corpo e estiquei o braço até o chão para tentar acender a luz. Tudo isso sem levantar da cama, nem me movimentar muito. Não conseguia, parecia amarrado. Suava e sentia o pânico se instaurar na minha cabeça. Agora que meus olhos tinham se acostumado com a escuridão, eu tinha certeza de que aquilo em cima de mim era alguém pairando no ar, como se voasse.

Acendi a luz, e a claridade só aumentou meu desespero. Olhei para cima e vi uma pessoa flutuando sobre a cama. Ela parecia amarrada ao meu ventilador de teto. A pessoa girava lentamente, junto com o ventilador desligado. Quando ela se virou pra mim, vi que estava enforcada por um cabo de televisão enrolado no ventilador: era eu mesmo. Fiquei completamente paralisado, queria correr dali e não conseguia. A coisa enforcada abriu os olhos brancos e desenrolou uma língua roxa de dentro da boca escancarada. Eu gritei. Gritei. Gritei muito e rolei da cama para longe da cena horrorosa. A dor me despertou. Uma dor lancinante que começava na ponta dos dedos e ia até o cérebro. No sonho, eu tinha pernas boas, a realidade era bem diferente. Quando minha mãe entrou no quarto, eu já não gritava de pavor. Gritava de dor. De algum modo, fui parar no chão, junto com o sonho.

Tivemos que correr para o hospital. Correr é modo de dizer. Minha mãe corria; eu não conseguia nem falar, de tanta dor que sentia. Não sei como ela fez pra me colocar na cadeira de rodas e me levar até o carro. O que me lembro é de estar novamente no hospital. O resto era um borrão de sofrimento. Achei que tinha me livrado dessa fase.

O médico falou que tive muita sorte de não ter tirado nenhum osso do lugar ou algum dos ferros ter entortado dentro da perna, o que acarretaria nova cirurgia. Poderia voltar pra casa no outro dia. Mas esse restante de noite ia ficar em observação no hospital.

Apaguei, depois de uma dose cavalar de analgésicos.

FAIXA 9 A menina do portão

Voltamos para casa logo após a hora do almoço de um dia nublado e tristonho, sem muitas perspectivas a não ser repouso, remédio e dores. Meu ânimo era dos piores possíveis. Meu quarto me esperava, e ele nunca me pareceu tão melancólico, pra não dizer assustador. Acredito que as dores que senti caindo da cama nublaram um pouco o meu pesadelo; ele continuava ali, num ponto perigosamente perto do consciente, eu podia sentir isso cada vez que me aproximava de casa. Dormir esta noite ia ser opcional.

Para minha surpresa, Maria estava no portão. Sentada na calçada, lendo um livro. Minha mãe me lançou um olhar entre o deboche e a censura. O que essa menina estava fazendo ali? Contei que ela tinha se convidado pra passar e me ver e eu tinha concordado. Omiti a parte do "alô para a mamãe", isso podia fazer com que elas ficassem tagarelando e me deixassem de lado, e eu queria falar com a garota. Argumentei com minha mãe que, pela minha atual falta de amizades, ela não iria se importar se Maria ficasse um pouco conosco. Lancei minha melhor cara de cachorro pedinte que caiu da mudança.

Minha mãe desceu do carro e cumprimentou Maria amistosamente. Acho que tinha gostado bastante da garota. As duas me ajudaram a sair do carro e montar na minha potente cadeira de rodas. Brinquei, dizendo que as mulheres não resistiam a um cara sobre duas rodas. Maria riu de novo e seu sorriso me enrubesceu. Minha mãe queria que seu "garanhão sobre duas rodas" fosse diretamente para o repouso, mas, como tinha visita, pude ficar na sala com Maria. Era um alívio, não queria voltar tão cedo para o quarto.

Minha mãe abriu umas latinhas de Coca e sentou-se um pouco com a gente. Ela estava visivelmente cansada, suas olheiras estavam mais acentuadas que o normal. Passei a reparar muito nas olheiras dela desde que meu pai dissera que achava mulheres com olheiras charmosas. Minha mãe o corrigia, dizendo que ele só achava uma mulher charmosa. Com ou sem olheiras. Ele ria e concordava, beijando-a. Só fui entender o que isso significava anos depois.

Maria perguntou sobre meu estado de saúde e minha mãe deu toda a ficha, sem pudor. Acharam graça da parte em que caí da cama. Engraçado agora, que está tudo bem, na hora foi o maior sufoco, podia ter arruinado minha perna de novo. Minha mãe perguntou sobre o livro que ela estava lendo. Um romance de terror chamado "Deixa ela entrar",

Deixa Ela Entrar: *nome em português do livro de um autor sueco de terror de quem gosto muito, chamado John Lindqvist. Posteriormente adaptado para o cinema, virou um filme cultuado e muito bem feito na Suécia, que teve uma refilmagem americana.*

o nome impronunciável do autor era John Lindqvist. Maria completou dizendo que achava a Suécia o atual berço do terror no mundo, com muitos escritores fazendo o maior sucesso. Minha mãe e eu tínhamos assistido a um filme com o mesmo nome e perguntei se era adaptação do livro. Ela disse que sim, e que, apesar de o filme ser legal, o livro era melhor. Descobri que ela gostava muito de cultura pop, incluindo livros de terror, quadrinhos, filmes B e séries de TV.

Nem todas essas coisas em comum evitaram que as duas tagarelassem por um tempo, e fiquei lá feito plateia de tênis, olhando de um lado para o outro, sem conseguir entrar no assunto que, no caso, era eu. Uma situação inconveniente, duas pessoas conversarem sobre você com você presente, sem poder se defender.

Mamãe acabou indo tirar um cochilo. Havia ficado a noite acordada comigo no hospital e pediu um dia de folga no trabalho, então pelo menos iria descansar um pouco.

Ficamos a sós, eu e Maria. O momento de silêncio constrangedor foi quebrado por ela, ao ver a vitrola e a coleção de discos bolorentos do meu pai. Quase teve um ataque de emoção. Eu perguntei se ela ainda vivia no século passado, pra não usar a tecnologia, e mostrei o celular. Ela fez cara de deboche. Claro que tinha celular e me mostrou um aparelho muito melhor que o meu. O lance é que ela gostava dessas coisas antigas, como vinil e livros. Explicou que, com os discos, a coisa funcionava como um ritual. Pegar o vinil, ver o encarte, encaixar na vitrola, colocar a agulha na música certa e botar pra rodar. Isso demandava tempo e paciência. Era contemplativo.

Não acreditava que garotas como Maria existissem. As velharias do meu pai finalmente iam servir pra alguma coisa. O que eu não sabia é que seria para eu passar vergonha na frente da garota. Descobri que ela conhecia os artistas que meu pai adorava quase tanto quanto ele, enquanto eu, com todos os discos à minha disposição, era um zero bem à esquerda.

FAIXA 10 O primeiro disco, cabelos e um zeppelin desgovernado

Dizem que o primeiro beijo a gente nunca esquece. Bom, no meu caso, o inesquecível foi o primeiro disco. Vinil, pra quem não sabe, é, basicamente, um disco preto, com selo redondo dos dois lados e um buraco no meio. Um suporte duro para músicas do homem das cavernas. Eu achava um fetiche estranho. Preferia plataformas de *streaming*, tanto para músicas como para filmes e séries de TV. Maria olhou os discos e me pediu pra escolher um. Como eu não conhecia nada daquela bagunça musical, muito a contragosto, enfiei a mão entre os muitos discos e pesquei um LP, aleatoriamente. Esqueci de dizer, eles chamavam esses discos de LPs, *Long Play*. Isso quer dizer que existia um *play* pequeno, que era um disco em miniatura, com duas músicas, uma de cada lado, em que os artistas lançavam seus *singles*. Olhei com displicência a capa meio laranja, com crianças nuas subindo em pedras. Irritante, egocêntrico e datado. Pra piorar, não tinha o nome da banda na capa. Que artista era tão arrogante pra não colocar o nome na capa? O disco em questão era "Houses of the Holy", do Led Zeppelin, como eu viria a saber em instantes. Lógico que ela conhecia, e muito bem. Disse que gostava de sons mais pesados, mas aquela banda tinha começado tudo.

__Led Zeppelin:__ banda de rock inglesa que durou de 1968 até 1980. Talvez a maior banda de rock dos anos 1970. São 8 ou 9 discos de estúdio, dependendo contar ou não o Coda. A banda termina depois da morte precoce do baterista John Bonham.

Maria contou que as crianças da capa eram os filhos do vocalista, Robert Plant. E tinha mais.

O menino da capa tinha morrido de um vírus esquisito e muitos creditavam essa morte ao envolvimento de Plant com magia. Pura lenda, ela dizia. Odiei-me por não ter prestado atenção nas histórias que meu pai contava sobre essas bandas antigas. Era hora de impressionar a garota, e eu só conseguia balançar a cabeça como um idiota.

Um garoto como eu nem podia imaginar que aqueles cabeludos tinham atingido um sucesso tão grande nos anos setenta, que não precisavam mais colocar o nome deles no disco. Naquela época, os "arrogantes" eram só a maior banda de rock do planeta. Segundo Maria, tinham até avião com o nome deles. Fiquei irritado, no avião tinha nome e nas capas de disco, não? Todo mundo, menos o idiota aqui, sabia de quem se tratava. Coloquei o vinil na vitrola, já tendendo a não gostar daquele negócio que cheirava a velhotes cabeludos. O disco parecia interessar mais a Maria do que minha insípida existência. Senti uma pontada de ciúme daquele treco redondo. Coloquei no lado B. Meu pai cansou de repetir: "o lado A era mais ensolarado e o lado B, mais obscuro e introspectivo". Pelo menos isso eu lembrava. Como estava numa fase obscura da minha vida, optei pelo lado B, que começa com "Dancing Days". Eu li o nome da música e esperava qualquer coisa, menos uma melodia exótica com guitarras esquisitas, que eram inspiradas em música indiana, mais um ponto para Maria. Aquilo é o que meu pai chamava de introspectivo? Eu não sabia se pegava minha cadeira de rodas e saía correndo dali ou ficava e dava mais uma chance pros rapazes zeppelinianos. Optei pela segunda alternativa, já que a garota parecia se divertir e eu queria muito me divertir com ela. Depois tem "D'yer Mak'er", o nome da música é uma corruptela de Jamaica, o reggae mais estranho que eu já tinha ouvido. A bateria e a melodia não combinavam, e ao mesmo tempo faziam sentido dentro daquele caldeirão. Mas foi com "No Quarter" que a casa caiu. Meus olhos se arregalaram e entrei de cabeça naquela viagem musical. Uma hora depois, eu estava catatônico com o Zeppelin e Maria me lançou um olhar que dizia: "olha só como essa música mexe com a gente".

A agulha pulava, esquecida, sobre o final do quarto disco lançado pelo Led, também sem nome na capa: só um velho, seu feixe de lenha nas costas e símbolos sinistros. Os olhos ainda marejados. Eu tinha sobrevivido à experiência. Ouvimos dois discos inteiros. E ouvimos de novo as músicas que eu mais tinha gostado e as de que Maria mais gostava. Não dava pra captar tudo de uma só vez. Precisei ouvir várias vezes e chorei de emoção. As faixas tinham aquele marulhar de LPs muito usados e surrados pelo tempo, mas a música estava inteira ali. Senti algo tão bom que não conseguia explicar. Atingiu-me na boca do estômago e foi uma viagem de Zeppelin. Uma montanha-russa de sentimentos confusos. Senti-me maravilhosamente perto do meu pai. Desde sua morte, eu não havia percebido sua presença tão forte ao meu lado. Não tinha entrado completamente no espírito dos acontecimentos. Ainda não entendia toda a paixão do velho por aquelas músicas. Mas já podia sentir alguma coisa se mexendo em meu coração e em minha cabeça. Contei para Maria minhas impressões e ela ouviu atentamente. A garota entendia aquele sentimento, mesmo eu não conseguindo explicá-lo direito.

Minha mãe estava atrás de nós, não sei há quanto tempo, encostada no batente da porta. Os olhos secos naquele momento, mas notei que ela tinha chorado. Perguntou-me se tinha gostado. Apenas balancei a cabeça, positivamente. Sentou-se entre Maria e eu. Mexeu no monte de LPs e foi retirando alguns e separando em uma pilha. Disse simplesmente que aqueles eram os mais ouvidos pelo meu pai. Se eu queria começar a entender sua alma, era bom começar por eles e, podia apostar, Maria já era uma iniciada e saberia mostrar o caminho. Depois, foi até a estante, separou alguns livros e colocou junto da pilha de discos. "Chega de Google", disse ela, "vá direto à fonte", completou. Minha mãe soube antes uma coisa que eu só descobriria muito depois. Para que eu pudesse aceitar meu luto, teria que fazer uma viagem dentro do universo que meu pai amava, e a música era o principal elemento para entrar em sua cabeça e saber quem ele realmente era. Não ia ser fácil nem rápido. Uma coisa que eu tinha era tempo para aprender. Pelo menos mais alguns meses de cadeira de rodas sem poder ir pra escola e não sei quanto tempo de muletas. Ficar só e deprimido não ia me ajudar. Maria não podia ter chegado em melhor hora. Ela poderia ser a inspiração que faltava. Como também podia ser o fundo do poço se, por acaso, me magoasse.

Eu tive consciência dessas coisas tempos depois. Na hora, parecia coincidência, ou sincronicidade, como meu pai gostava de repetir. Para um garoto, aquilo parecia algo sobrenatural.

Já tinha escurecido e Maria precisava ir pra casa. Tinha aula de manhã, o que me deixou muito surpreso. Não sei por que achei que ela não estudasse, pelo menos não de manhã. Achava que ela só se levantasse do caixão depois das seis da tarde. Acompanhei-a até o portão. Ficamos lá esperando um ao outro dizer adeus.

Na penumbra da rua, falei que tinha adorado a visita e que ela me ajudou mais do que imaginava. Nos meses de hospital e cadeira de rodas em casa, eu consegui a façanha de expulsar todos os poucos amigos da minha vida, de propósito. Ela era a primeira pessoa que eu permitia chegar tão perto. Tive coragem de tocar no assunto do pesadelo. Falei sobre o sonho, o cara enforcado que parecia ser eu, a Presença novamente e como eu fiquei paralisado por um tempo até conseguir gritar. Tudo foi tão real. Ela me ouvia com atenção e rugas na testa, como quem pensa sobre um teorema complexo e tenta chegar a uma conclusão. Foi ótimo desabafar sobre os sentimentos que vinham me machucando. Ela disse pra eu não me preocupar, acreditava que a fase que eu estava vivendo era uma convalescência do corpo e da alma, um luto desesperado, e que isso poderia gerar conflitos e pesadelos, mas ia passar. Perguntei se ela não era uma pessoa de cem anos num corpo de dezesseis. Maria sorriu, me deu um beijo no rosto e partiu.

Rolei minha cadeira para dentro de casa, encontrei minha mãe ouvindo "The Rain Song" de olhos fechados e expressão triste. Não a interrompi, parei a cadeira no umbral da porta e esperei a longa e linda balada terminar.

FAIXA 11 Hora de apagar as luzes

Não precisei de muita ajuda para deitar, sentia meus braços com mais forças e a perna boa podia fazer parte do serviço. Minha mãe me auxiliou com a perna quebrada. Essa não tinha jeito, trocar da cadeira para a cama requeria uma segunda pessoa. Eu começava a ficar mais confiante. Logo seriam retiradas as ferragens da perna e eu poderia, com muito cuidado, usar muletas, um avanço considerável. Retornaria pra escola, faria muita fisioterapia e, quem sabe, voltaria a ter uma vida normal.

A felicidade que eu sentira acabou assim que me cobri e minha mãe apagou a luz. Sei que ter medo do escuro parece coisa de criança. Era exatamente o que comecei a sentir. Um medo terrivelmente infantil de ficar no escuro. De ter outro daqueles pesadelos, de perceber de novo a Presença me rondando no quarto e eu impossibilitado de fazer qualquer coisa, até mesmo correr.

Acendi minha luminária e peguei um livro que minha mãe havia separado, uma HQ que contava a história de um monte de irmãos gêmeos alienígenas que vieram para a Terra e um deles se apaixona pelo *rock'n'roll*. Eles têm números ao invés de nomes e a história vai acompanhar o sétimo irmão, que se autodenomina Red. Como ele envelhece de forma diferente, muito mais lentamente que os humanos, interfere e participa ativamente de toda a história do rock.

***Red:** personagem da HQ "Red Rocket 7" (1998), ilustrada e escrita por Mike Allred, que também criou Madman.*

Achei tudo ótimo, estava ali um desenho bacana, uma história legal e, de quebra, toda a genealogia do estilo musical. A capa do livrão era uma homenagem a um disco dos Beatles e só o que eu conhecia. Fui lendo e tentando guardar na memória um monte de nomes de artistas e bandas que depois eu procuraria para ouvir. Uma parte de mim queria impressionar Maria, mas tinha outra parte, muito maior, que não só queria impressionar meu pai, como queria trazer um pouco dele de volta.

Os medos me deram uma trégua durante a noite e, juro, estava precisando de um sono tranquilo. Adormeci sem incidentes.

FAIXA 12 De volta aos discos, à rainha e uma ópera

Acordei com dores na perna e nas costas. Dormir sem poder se mexer tem efeitos colaterais sobre o corpo. Tomei os remédios que estavam ao lado da cama junto com a garrafa de água e me espreguicei, afugentando a ferrugem dos meus ossos. Minha mãe entrou no quarto como um furacão, me chamando carinhosamente de dorminhoco e dizendo que só estava esperando eu me levantar para ir trabalhar. Recomendou que fizesse as tarefas das aulas. Infelizmente, a escola estava livre de mim, mas eu não estava livre da escola. Minha mãe disse que tinha café da manhã pronto e que, se eu precisasse de alguma coisa, era só ligar. Ajudou-me a sair da cama, beijou minha cabeça e correu para o trabalho. A vida da minha mãe não estava sendo fácil e eu ainda complicava mais com os cuidados de que precisava, além de toda a minha falta de educação e respeito. Meus avós tinham falado pra gente ir passar uns tempos com eles até minha recuperação. Conversamos muito, mamãe e eu, e optamos por tentar levar nossas vidas e superar juntos. Achei a atitude acertada. Minha avó era ótima pessoa, mas as duas juntas, minha mãe e ela, tinham prazo de validade. Eram como fogo e pólvora. Uma hora ia explodir.

Tomei o desjejum à força, sabia que precisava comer. Depois de tanto remédio, meu estômago e o fígado não reagiam bem a nada sólido de manhã. Passei pela sala, decidido a estudar. Já que era inevitável, queria me livrar daquilo o mais rapidamente possível. Parei no meio do caminho. Algo me puxava para outra direção.

Apesar de já ter chamado a coleção de discos de bolorenta, velharia, entre outros adjetivos menos amistosos, alguma coisa na minha cabeça martelava que ouvir um LP era muito melhor que estudar matemática. Ouvir um disco velho e bolorento ia me relaxar e depois eu poderia estudar mais tranquilamente. Enfim, minha cabeça estava me sabotando. Eu começava a gostar daquela tralha da época em que os dinossauros caminhavam sobre a Terra. Ligar a vitrola e colocar a bolacha pra rodar tinha a lentidão de ritual que Maria me alertou e eu estava justamente na fase da lentidão. Um adolescente diferente. Do "não temos tempo a perder", me transformei em "temos todo o tempo do mundo". Deixei de lado as músicas ouvidas no celular. Sabia que era uma fase e logo eu voltaria pro meu mundo digital. Sempre gostei da tecnologia e acredito que a música tem muito a ganhar com ela, acontece que o momento era outro. Pedia "reflexão e calma".

Não temos tempo a perder/temos todo o tempo do mundo: *versos da música "Tempo Perdido", da banda brasileira Legião Urbana, de autoria de Renato Russo.*

Reflexão e calma: *verso da música "Paciência", de Lenine, cantor, músico e compositor brasileiro.*

Não me pergunte como eu sabia de tudo isso do alto dos meus dezesseis anos. Não sabia de nada, era tudo pura intuição e inspiração. Os incidentes na minha vida me levaram para a frente da vitrola e dos discos. De novo, a tal da "sincronicidade", que eu achava coisa de doidos lisérgicos dos anos 1970 ou 1960, sei lá. O lance é que, quando você sofre um acidente como o meu e a morte dá umas voltas ao seu redor, fica um pouco mais aberto ao misticismo. Vide minha sensação da Presença, os pesadelos, minha vontade de estar perto do meu pai. A cabeça diz "cara, ele morreu, bola pra frente", e uma parte obscura de você quer verificar se atrás desse véu existem outras coisas, se há uma remota chance de estar perto dele ou de falar com ele uma última vez, quem sabe mandar uma mensagem através do umbral. Uma verdadeira confusão que eu queria amenizar ouvindo as músicas.

Peguei o primeiro disco da pilha que minha mãe tinha feito. Um álbum todo branco, com desenhos coloridos de signos do zodíaco. Fui pesquisar isso e descobri que o talentoso vocalista Freddie Mercury também era um bom desenhista e que o Queen era uma banda de nerds.

Todos eles eram bons em outras coisas. O guitarrista era astrônomo ou algo parecido, o baixista conhecia eletrônica e o *batera* estudou Biologia. Todos eles tocavam um monte de instrumentos. Não estou mentindo, nem precisei do Google, está tudo aqui num livro bacana sobre a banda. O disco era "A Night at the Opera" e eu já tinha ouvido falar nesses caras, e dessa vez a capa do vinil tinha os nomes da banda e do álbum. Esse é o disco que

***Freddie Mercury* (05/07/1946 – 24/11/1991):** *vocalista, compositor e pianista da banda inglesa de rock Queen. Seu nome verdadeiro era Farrokh Bulsara e seu local de nascimento foi a Tanzânia.*

Queen: *banda britânica de rock, fundada em 1970 e na ativa até hoje (2019).*

tem "Bohemian Rhapsody", que eu, profundo apreciador, já conhecia na versão dos Muppets. Não preciso dizer que as músicas são todas muito boas, não devendo nada para os padrões atuais. Um verdadeiro clássico do rock. Ouvi o disco todo e, novamente, fiquei boquiaberto. Queria ouvir os outros discos, mas a matemática me chamava. Coloquei meus fones, busquei a banda no meu celular e afundei o nariz nos livros de física e matemática, enquanto Freddie cantava alucinadamente que todo o mundo precisava de amor. Não sei se todo o mundo, mas eu, com certeza, precisava.

FAIXA 13 As voltas do tubarão

Vi, pelo canto do olho, uma sombra que passava por trás de mim. Pegou-me de surpresa e meu sangue gelou. Tirei o Queen, e os fones, dos ouvidos. A casa estava silenciosa, só os barulhos de carros e ônibus passando na rua. Afastei minha cadeira de rodas e virei vagarosamente, perscrutando a sala atrás de alguma anomalia. Nada. Só os pontinhos de poeira que a gente vê quando a luz entra pela janela ensolarada. em contraste com a penumbra. O que me restava era a sensação ruim de ter alguém comigo dentro da casa. A tal "Presença" voltara. Está aí, entre aspas, letra maiúscula e, se não fosse muito, eu sublinharia também, por que dessa vez era mais forte e eu tinha certeza de que era algo ou alguém. Pensei novamente no tubarão circulando a presa, cada vez mais próximo. Já tinha visto um milhão de filmes de tubarão, todos os documentários da BBC na Netflix sobre o predador e sabia como ele agia. Só que eu não estava me afogando, apesar de prender o ar naquele instante.

Rodei a cadeira com cuidado pela sala, passei pela porta que dava para o corredor dos quartos. Ao fundo, ficava o da minha mãe, do lado direito o meu quarto e do outro lado, o banheiro. Tentei escutar alguma coisa. Nada, nem um ruído sequer. A Presença estava lá, eu tinha certeza, e fiquei com medo. Mas a luz do dia me deu coragem pra empurrar minhas rodas em direção ao quarto. A porta estava encostada. Cheguei perto e ouvi o que parecia um asmático com muita dificuldade de respirar. Havia um buraco frio onde antes era meu estômago, fiquei em dúvida entre sair dali e ir pedir uma xícara de açúcar pra vizinha ou encarar o que estivesse lá dentro. Resolvi que devia entrar. Já ouviram falar que a curiosidade matou o gato? Empurrei a porta devagar. Tinha alguém sentado na minha cama, de costas para mim, o quarto escuro não permitia ver quem era a pessoa. Tive a brilhante ideia de fazer essa pergunta em voz alta e ainda dizer que ia chamar a polícia. Um perfeito pateta. Achei que alguém havia invadido minha casa, era a única teoria satisfatória que meu cérebro conseguia organizar. Não obtive resposta para a pergunta imbecil, somente o arfar cada vez mais pesado da respiração asmática.

Foi um esforço empurrar a cadeira de rodas para o centro do quarto, ainda sem fazer barulho e rezando pras ferragens não rangerem. Assim que a luz bateu na pessoa sentada na minha cama, vi, com terror, que era meu pai. Cheguei mais perto, com dificuldade, e ele se virou para me olhar. Para piorar o meu desespero, estava como morreu. Pedaços de seu cérebro saíam de um buraco na cabeça, os movimentos sem coerência indicavam ossos quebrados em diversas partes, a respiração ofegante e gorgolejante vinha da traqueia despedaçada e dos pulmões perfurados. Eu não entendia por que um fantasma precisava respirar. Não consegui falar nada mais do que um "pai" engasgado. Minha boca estava tão seca que a língua tinha colado no palato.

Ele me encarou com o que sobrou do seu rosto e vi muita tristeza. Falou algumas coisas ininteligíveis. Nada funcionava direito no seu corpo. O pouco que entendi era "tanto", "viver", "a culpa é sua". Ouvi sem me mexer, não conseguia sequer tirar os olhos daquele rosto tão querido e sofrido. Rezei para ter a chance de reencontrar meu pai, o momento tinha chegado e agora ele me acusava? Eu não entendia. Meu pai começou a gritar com uma voz saída de um pedal de distorção; saí da minha letargia quando ele gritou: "a culpa é sua!". Fiz a meia volta mais rápida da minha vida com cadeira de rodas, meus olhos ardiam em lágrimas. Não esperei mais nada, não ia encarar o que quer que fosse, empurrei as rodas com força para sair do quarto e bati o pé da perna engessada na parede.

A dor me despertou novamente com um grito. Eu tinha adormecido em meio aos problemas de álgebra e um movimento involuntário me fez bater os ferros da perna machucada nos pés da mesa. Não era a mesma dor do sonho, mas foi o suficiente pra me acordar do pesadelo. Meus olhos ardiam, eu estava chorando copiosamente. Saí pela porta da frente e desci a pequena rampa que minha mãe tinha mandado construir especialmente para minha nova situação. Cheguei ao pequeno quintal, em plena luz de um dia ensolarado. Então pude sentir toda a dor, e ela não vinha da minha perna ou de qualquer outro ferimento do acidente: a dor vinha da perda e de uma afirmação que eu nunca havia pensado. Meu pai achava que eu era culpado pela sua morte. Eu o amava, nunca pensaria uma coisa dessas. Ele não podia fazer isso comigo, não podia me acusar daquele jeito. Não era justo. Quis gritar, só um som rouco saiu da minha ressequida garganta.

FAIXA 14 Casa assombrada

Fiquei no pequeno quintal de casa, tentando me acalmar. Havia muita raiva dentro de mim e as lágrimas não paravam de correr pelo meu rosto. As acusações do fantasma que parecia meu pai não podiam ser verdade. Pessoas queridas não voltavam da morte simplesmente para te fazer sofrer. Ou será que podiam? Eu achava que estava sendo assombrado. Na verdade, minha cabeça era a própria casa mal-assombrada. Começava a acreditar que o acidente tinha afetado meu cérebro, estava enlouquecendo e vendo coisas. Tinha visto minha morte suicida no primeiro pesadelo, agora o fantasma de meu pai me acusando de tê-lo matado, tudo era muito assustador. As imagens pareciam nítidas demais para serem simples sonhos, talvez alucinações. E se os remédios que eu andava tomando estivessem afetando minha química cerebral? Precisava ler as bulas e ver os efeitos colaterais.

Na minha ingenuidade, eu achava que não podia contar pra minha mãe, deveria resolver o problema sozinho. Ela não entenderia e iria me levar pra psicólogos. Poderia ser o caso de um psiquiatra, uma nova internação, talvez na época tivesse sido melhor, tive muito medo ao pensar nisso. Eu não podia estar enlouquecendo. A verdade é que, depois do pesadelo de hoje, o suicídio passou a fazer parte do meu repertório de possíveis saídas para uma vida de medos e angústias. A ideia estava plantada dentro de mim e começava a germinar.

Não sei exatamente quanto tempo passei no quintal, o sol quente sobre minha cabeça indicava que já passara do meio-dia. Era melhor entrar em casa, tomar um monte de água e esfriar a cabeça. A tal Presença, se é que ela existia mesmo ou apenas fazia parte da minha imaginação, não podia me forçar a fazer nada contra minha vontade. O problema é que minha imaginação estava se mostrando infernalmente fértil, abrindo um leque de possibilidades pouco ortodoxas e malignas.

Depois de beber água até descolar minha língua do céu da boca, peguei o telefone e liguei para Maria. Seria bom ouvir uma voz conhecida para acabar com a aura sobrenatural que envolvia tudo ao meu redor. Depois de cinco toques, a secretária eletrônica pediu pra deixar um recado. Não deixei um recado, mandei uma mensagem e fiquei ali parado, com o telefone na mão. Não tinha energia nem para me mexer. Comer alguma coisa ia ficar pra depois, meu estômago era um emaranhado de papelão, não cabia nada dentro dele. A ideia de que minha cabeça estava mal-assombrada ou que eu estava ficando maluco não me deixava. Rodei com minha cadeira até a sala e fiquei em frente à coleção de discos e de livros do meu pai. Passei a tarde esperando uma resposta ou um sinal dizendo que nada daquilo fora real. Esperava que meu pai mandasse um recado do além, dizendo que estava tudo bem e que eu podia esquecer os pesadelos. Silêncio absoluto do outro lado.

Quando minha mãe entrou em casa, toda falante, parou imediatamente ao me encontrar estático na frente da vitrola, os olhos muito vermelhos de tanto chorar. Ajoelhou-se em frente à minha cadeira de rodas e me abraçou sem dizer nada. Simplesmente caímos em pranto. Foi um choro diferente. Derramei todas as lágrimas que podia e foi um alívio para toda a dor e toda a angústia que eu estava sentindo sem saber como expressar. O abraço consolador de minha mãe foi uma panaceia, um bálsamo sobre minhas feridas. Chorei, agradecido por ela ser quem é e por não perguntar absolutamente nada. Só ficou ali comigo, e eu ficaria dentro daquele abraço pelo resto da vida, se pudesse.

FAIXA 15 Mais decepções, praia e as canções de estimação

Maria mandou uma mensagem perguntando se eu tinha ligado e se era urgente. Respondi que precisava conversar sobre algumas coisas. Acho que ela farejou: "problemas?" foi só o que respondeu. Coloquei uma carinha triste e disse que sim. O balde de água fria veio com um "não posso ligar agora, estou em estúdio com a banda do meu namorado, passo por aí mais tarde, pode ser?". Respondi que podia esperar. Não era tão urgente assim. Ela mandou carinhas felizes piscando o olho e eu quase joguei o celular na parede.

Eu devia ter imaginado que uma garota como a Maria não estaria sozinha. O porquê de não ter me contado isso antes era um mistério. Eu não tinha me ligado no quanto Maria havia mexido comigo até que falou sobre "a banda do meu namorado". Minha imaginação fértil me sabotava novamente, desenhando na minha cabeça um namorado, mais velho, com barba, todo tatuado, tocando em uma banda. Eu não tinha a menor chance de concorrer com alguém assim.

Beach Boys: *banda americana de rock das mais influentes na música popular. Começaram em 1961, na Califórnia, e continuam na ativa até hoje (2019).*

E quem disse que eu, em algum momento, tive chance? Era muita areia pro meu caminhãozinho. Além de estar deprimido, minha autoestima tinha sofrido um lançamento espacial, ou melhor, ido até o dedinho do pé e de lá pulado num precipício e se suicidado.

Já sabia que minha noite ia ser longa. Depois de um jantar sem graça, em que nem eu nem minha mãe tínhamos muita vontade de conversar, fui até a pilha de discos separados e escolhi o que eu achei com a capa mais triste. Era verde, o que por si só

já me deprimia. Na foto, alguns rapazes alimentavam cabras. Achei nostálgico. O álbum é dos Beach Boys e se chama "Pet Sounds". Apesar de eu conhecer algumas músicas da banda, ouvidas em trilhas de filmes, acertei na escolha desse disco impecável e de uma tristeza tão bela que cheagava a doer. Exatamente o que eu precisava.

Senti a mão do meu pai me guiando por músicas como "God Only Knows", "Caroline, No" e "Wouldn't It Be Nice". Toda uma sonoridade pop, melodias maravilhosas, arranjos vocais perfeitos. Depois de pesquisar um pouco, vi que eu não me enganara: era um álbum muito influente e foi considerado entre os 100 maiores discos de todos os tempos em várias listas.

A vida do compositor principal da banda, Brian Wilson, era uma sucessão de problemas, desde a infância, marcada por um pai agressivo, até sua dificuldade em lidar com sua própria cabeça.

O disco falava diretamente para mim, mexia com as coisas por que eu estava passando. Mesmo sem entender plenamente as letras, compreendia as melodias refinadas. Eu ouvia a música e, por instantes, parei de ter pena de mim mesmo e comecei a pensar em resolver os vários pontos que me afligiam. Pressentia a mão de meu pai tentando reconstruir meus pensamentos confusos. Comecei compartimentando os sentimentos. Uma coisa era o que eu sentia por Maria, outra coisa bem diferente era o que estava pensando sobre a perda do meu pai e a "Presença". Um terceiro problema era minha mãe. Eu nunca tinha escondido uma coisa importante dela do jeito que estava fazendo dessa vez. Lógico que eu já mentira, já havia contado a história um pouco diferente da realidade, já tinha floreado alguma complicação em que me envolvera. Omitir e esconder completamente um problema daquele tamanho era novidade.

Como diria Jack, o estripador, vamos por partes. Maria tinha passado de uma distração feliz para um problema a partir do momento em que descobri que ela tinha namorado e isso me encheu de sentimentos contraditórios. Então era uma crise de ciúmes, que eu não tinha direito nenhum de ter, afinal ela nunca demonstrou nada mais que uma amizade que se iniciava. Ela poderia ser roubada de mim a qualquer momento ou simplesmente cair fora da minha vida: sentimento de posse, outra coisa feia. Tinha que me controlar. Eu precisava de uma amiga e Maria era minha melhor aposta. Uma pessoa de fora com um pouco de sensibilidade vinha a calhar. Segurar a onda por enquanto era uma obrigação.

Depois de ouvir "Pet Sounds", parece que fiz as pazes momentaneamente com meu pai. O lance do fantasma do sonho me pareceu anos-luz distante da realidade do amor que ele tinha por mim; eu podia sentir isso aqui dentro, no peito, um pouco à esquerda. Eu me acreditava forte o suficiente para afastar os pensamentos mórbidos de suicídio. Por ora, eu estava seguro, mas sabia que era um paliativo, seguro não era a mesma coisa que estar curado. Estava, por um instante, fora de perigo. O disco fora um remédio para o sintoma; a doença permanecia. Precisava dar o salto dentro de mim até achar uma saída permanente. As prioridades eram afastar aquela Presença da minha vida e ter paz em relação à morte de meu pai.

Quanto à minha mãe, não sabia o que fazer. Quer dizer, sabia, e a solução imediata era deixar tudo como estava. Ela não precisava de mais esse problema pra atormentar sua vida, que já estava complicada.

E Maria? Essa era uma interrogação de tamanho extragrande que não tinha solução. Esperava sinceramente que ela, aos poucos, gostasse de mim pelo menos como amigo. Ingenuamente, eu acreditava que isso bastaria e eu seria forte o suficiente para me comportar.

FAIXA 16 Sobre crianças e adultos

Maria apareceu na tarde do dia seguinte. Minha mãe estava trabalhando e eu, perdido em meio ao enfadonho mundo da química e seus componentes. Ela teve uma recepção gelada da minha parte. Voltei ao garoto intratável, rancoroso e cheio de raiva. Era mais forte que eu ser uma mala sem alça. Maria perguntou-me se estava atrapalhando e eu respondi, sem pensar, que estava estudando química e que queria passar de ano mesmo sem ir pra escola. Sim, ela estava atrapalhando. A garota ficou em silêncio, esperando alguma reação minha. Levantou-se e caminhou em direção à porta, dizendo que eu não precisava me incomodar, porque ela conhecia a saída. Eu mordia os lábios com ódio de mim mesmo por tratá-la assim. Ela não tinha feito nada de errado, eu é que não conseguia me controlar. Dei graças a deus quando ela parou na porta, se virou e começou um sermão que eu interrompi, perguntando por qual motivo ela não tinha me contado sobre o namorado.

Maria ficou em silêncio por uns segundos, pensando e ligando os pontos. Quando ela acabou o desenho dentro da sua cabeça, caiu na gargalhada. Aquilo foi humilhante, teria chutado a garota dali se eu tivesse duas pernas boas. Desculpou-se, enxugando as lágrimas. Pediu pra eu me acalmar, senão ia explodir, por que estava vermelho como um camarão. Acho que devo ter ficado roxo e, quanto mais eu mudava de cor, mais engraçado ficava aos olhos dela.

Maria demorou um pouco para se controlar. Sentou-se ao meu lado e fechou meu livro de química. Virou minha cadeira para que eu ficasse de frente pra ela. Estar tão perto da garota me deixava desconfortável, não conseguia fixar meus olhos em lugar algum.

Maria estava bastante séria e começou com um "escuta aqui". Só de ouvir o tom de voz dela, eu sabia que seria um massacre. Era uma garota que prezava muito sua liberdade, começou ela, um direito que tinha conquistado depois de muito sofrimento e por que ainda precisava lutar com unhas e dentes para manter, como qualquer mulher neste mundo. Continuou, dizendo que não tinha muitos amigos e que, se eu preferisse, ela saía da minha vida. Não estava ali para atrapalhar nem magoar ninguém, mas, se eu permitisse, seria uma amiga pronta para qualquer coisa. E se um dia ela me escolhesse para algo mais que amizade, eu seria o primeiro a saber. Frisou bem a palavra "escolhesse", afinal, era ela quem estava no comando da própria vida. Assustou-me bastante e só consegui perguntar se ela tinha mesmo dezesseis ou era uma vampira com quinhentos anos. Maria não sorriu. Falou que, por causa da morte prematura de sua mãe, tinha amadurecido um pouco mais rápido e aprendido a tomar as rédeas dos acontecimentos, para não ficar à mercê dos caprichos do pai. Por ele, ela estaria numa escola para formar princesas. "Maria, uma princesa?", eu pensei. Só se fosse a Princesinha das Trevas...

Agora que tudo estava esclarecido, ela se levantou e foi saindo, não sem antes emendar que quando eu parasse de ser um pé no saco intolerante, mimado e mesquinho, perceberia a boa chance de crescer com toda a tragédia que parecia minha vida, seria um cara mais maduro virando adulto. Depois que tudo isso acontecesse, eu poderia ligar pra ela com um belo pedido de desculpas e, quem sabe, ela voltasse a falar comigo como amigo. AMIGO, vi as letras maiúsculas.

Tentei balbuciar alguma coisa, ela mandou eu me calar e pensar um pouco no assunto. Um rastro agradável do seu perfume ficou para trás depois que foi embora, me deixando ainda mais deprimido.

Se a derrota tem um sabor, eu estava mastigando o chiclete dos vencidos naquele momento. Ontem, o ciúme e a raiva me mordiam os calcanhares, sentimentos com os quais eu podia lidar. A tristeza que se abatia em mim era diferente. Inconsolável. Queria ligar e implorar o perdão, eu faria qualquer coisa só pra ter sua companhia. Não fiz nada. Sabia que ela estava me dando um merecido castigo e se eu corresse atrás dela como um cachorrinho não iria me respeitar nunca mais. O jeito era tentar aguentar um pouco, engolir meu orgulho ferido e esperar.

FAIXA 17 Poço tem fundo?

Minha mãe notou a regressão do meu comportamento e quis tentar conversar, sem sucesso. Ela achou por bem não forçar por enquanto e me deixou em paz com minha concha de caramujo ermitão. Tinha colocado a cabeça para fora e o mundo me deu um soco na cara de volta. Ainda não tinha aprendido que quando a vida bate em você, você tem que levantar e revidar. Ainda não tinha assistido à Rocky Balboa. Filosofia barata de filmes de superação sempre me deixavam emocionado e o "não importa o quanto você apanhe e beije a lona, o que interessa é quanto você consegue se levantar e continuar a lutar" não fazia parte do meu repertório.

Rocky Balboa: *boxeador da Filadélfia, personagem do filme Rocky, de 1976, interpretado por Sylvester Stallone. Contando com esse, são oito filmes da personagem.*

Se era assim que a vida iria me tratar, eu também não ia dar a mínima para ela. Pensamentos infantis invadiram minha cabeça. Eu não era um cara bacana? Não fazia tudo certo? E o que eu recebia em troca? Miséria e mais miséria. Quando eu achava que algo bom podia melhorar minha vida, a própria vida me tirava, com a avidez de uma velha sovina. Pensava nas coisas que Maria havia me dito e concluía como um babaca egoísta: *o que eu posso aprender com essa droga toda?*

Fazia todas essas perguntas sem parar, até que cansei. Cansei de Maria, dessa vida dolorida e sem sentido, dessa perna aleijada, dos estudos. Enfim, cansei de tudo.

Infantil, eu sei. Preguiçoso, mesquinho, presunçoso, impaciente, imaturo, ordinário, egoísta, orgulhoso e tantos outros adjetivos, mas era verdade, eu estava cansado de viver. Compreendi as acusações do meu pai no pesadelo. Eu era um estorvo. Um grande e imbecil erro desde sempre, fadado a ser esse completo fracasso. Meu pai tinha dado a vida em troca de um derrotado. Logo ele, que sempre lutou por aquilo que queria. Passou um bocado de necessidades pra manter seus sonhos sem pensar em dinheiro ou em como seria seu futuro. Preocupava-se quase exclusivamente comigo. Seu sacrifício era um total desperdício.

Pensamentos pesados passavam por minha cabeça, que parecia mais doente que minha perna. Tomei os remédios noturnos e me recolhi à minha insignificância.

A noite abafada entrava no meu quarto em ondas grossas. Dentro do gesso, a perna parecia cozinhar em fogo lento e coçava. Acho que o calor fez minha pressão cair, fiquei sonolento e fui entrando naquele estágio do sono em que você está dormindo, mas acha, erroneamente, que está vigilante. Centímetro a centímetro, fui afundando no subconsciente, chegando cada vez mais perto da Presença. Podia senti-la vindo em minha direção, como um monstro que emerge de um lago escuro sem pressa, porque sabe que vai encontrar sua presa de qualquer maneira.

Não sei se foi a fantasia sobre o monstro do lago que me levou a ter o sonho daquela noite. Voltei à infância. Não tinha mais que seis anos e me encontrava na praia com meus pais em um dia nublado de verão. O mar era uma agitação cinza com grandes ondas espumantes, meu pai tinha trazido a prancha para surfar um pouco. Eu brincava dentro de um buraco cheio de água e fazia castelos de areia. Um sonho feliz em família, até que alguma coisa começou a me chamar para dentro do mar. Levantei do meu buraco e olhei para minha mãe, que estava absorta lendo um livro embaixo do nosso guarda-sol vermelho, que se destacava no céu branco. Não parecia preocupada e, se minha mãe não estava preocupada, eu também não precisava estar. A terrível lógica infantil. No sonho, tentei gritar pra eu mesmo não ir. O que estava chamando dentro do mar era um monstro; no entanto, minha voz se perdia com o vento. O tubarão estava de volta e, dessa vez, os círculos rondavam perigosamente perto. Vi a criança, que era eu, caminhar desajeitadamente para um mar mexido e zangado. Não adiantava gritar, eu só podia assistir à tragédia anunciada.

Minha mãe ergueu os olhos e não viu a criança dentro da pequena piscina de areia, olhou para a linha da praia e achou o garotinho, destemido e sem juízo, correndo em direção ao abraço mortal do mar, entrando na água.

Pude sentir todo o seu pânico. Saiu correndo, gritando e balançando os braços, tentando chamar a atenção do garoto que não ouvia nada, hipnotizado pelas ondas espumantes, louco pra pular ali e sentir a água do mar. Como eu sabia de tudo isso? O máximo que consigo explicar é que meu eu estava dividido. Era tanto o garotinho dentro da água, quanto o rapaz preso na cama dentro de um sonho, ao mesmo tempo.

Ao longe, meu pai surfava. Quando olhou a praia e viu sua mulher, que não sabia nadar, com os braços levantados, correndo como louca para o mar, pegou um jacaré na onda mais próxima. Empurrou a prancha na direção em que minha mãe havia entrado na água, atrás de mim. É muito estranho falar assim, mas era como me sentia: protagonista e narrador do meu afogamento.

Uma onda mais forte me engoliu e sumi dentro do mar cinzento. A água inundou meus pulmões, queimando-os. Será que era isso o que um afogado sentia? Apesar do frio da água, os pulmões queimavam dolorosamente e fui pouco a pouco perdendo a consciência. Precisava acordar e não conseguia. Tudo ficou escuro. O meu eu-narrador observava tudo o que aconteceu depois que meu eu-protagonista desmaiou. Meu pai conseguiu chegar a tempo e colocou minha mãe e eu na prancha, que nos levou até a praia.

Começou a nadar atrás de nós e ia pegar uma onda quando alguma coisa o puxou. Foi engolido pelo mar e não apareceu mais. Ele era um bom nadador, nunca teria se afogado tão facilmente. Alguma coisa má havia impedido que ele viesse à tona. Vi tudo com lágrimas nos olhos, totalmente impotente. Na areia, minha mãe conseguiu reanimar a criança, que não entendia o que estava havendo. Sacudia o garoto, que chorava. Ela gritava, repetindo sem parar a mesma frase: "quantas vezes você vai matar seu pai?!".

Minha mãe me sacudia na vida real, como tinha feito com a criança na praia. A diferença era que ela chamava por meu nome e não soava ameaçadora, como no pesadelo. Acordei como quem volta de um afogamento, tossindo copiosamente. Ela me abraçou, tentando me acalmar, e só conseguia balbuciar meu nome.

FAIXA 18 Terapia por telefone

No dia seguinte, mandei um recado para Maria, perguntando se a gente podia conversar. Ela me enviou carinhas zangadas e disse que não tinha me ouvido pedir desculpas. Pedi desculpas, mandei carinhas de todos os tipos, fiz o diabo. Ela me ligou logo depois.

Comecei falando que me sentia um idiota, o que ela concordou prontamente, acrescentando um "criança" ao idiota. Pela voz sorridente do outro lado, notei que estava devidamente perdoado. Podia entrar no assunto, e o assunto era que eu precisava de ajuda, mas não queria falar com minha mãe. Precisava de uma opinião de fora para saber se eu estava ficando maluco. Maria perguntou se eu tivera novos pesadelos. Contei-lhe o sonho com meu pai e de novo a Presença dentro da casa, me rondando. Escondi, por vergonha, a vontade que eu tive de acabar com minha própria vida; não queria que ela me achasse fraco.

Depois de ouvir tudo, Maria pediu para que eu tentasse lembrar se, durante o sonho, tinha sentido como se uma força física paralisasse minhas ações. Pensei um pouco e disse que era exatamente do jeito que descreveu. Meu corpo demorava muito pra ter uma reação. Ela completou dizendo que só me livrei dos sonhos por conta da dor causada na perna quando bateu em alguma coisa ou quando minha mãe sacudiu-me para me tirar do pesadelo, senão poderia ter sido pior. A dor ou a sacudidela sobrepujavam meu inconsciente, conseguindo me tirar do que ela chamou de alucinações. Eu concordei. Argumentei dizendo que o que eu vira parecia muito real. Via, ouvia e sentia com clareza. "Sim", disse ela, esses podiam ser os sintomas de uma doença pouco conhecida, que gerava muitas controvérsias. Mitos e lendas eram erguidos sobre o pilar desse mal. Maria havia feito uma pesquisa e me trouxera uma hipótese muito plausível do que poderia estar acontecendo comigo.

Paralisia do sono, concluiu. Uma doença que acompanha a humanidade desde sempre e que criou em torno de si uma aura sobrenatural. Durante o sono mais profundo, chamado de REM, ocorre uma paralisia fisiológica do corpo, a "atonia REM". Ela serve para preservar a integridade física do corpo, pois uma pessoa que se mexe enquanto dorme pode se machucar. Isso é o normal.

Quando se sofre desse mal, a paralisia acontece ao acordar ou logo após adormecer. Muita gente acredita que um demônio prende a pessoa, não deixando que acorde ou se mexa, restando apenas movimentos básicos, como respiração e o ir e vir dos olhos. Quem padece disso acredita que está sendo perseguido por entidades demoníacas ou fantasmas,

REM: *uma das duas fases do sono (traduzido do inglês, Movimento Rápido dos Olhos). Intensa atividade cerebral. Não descansa muito, mas é importante para a recuperação emocional.*

Atonia REM: *paralisia do sono. Causa uma temporária paralisia do corpo; a pessoa acorda, porém, seu corpo continua sem poder de se movimentar. Durante esses momentos, podem ocorrer alucinações bem realistas.*

devido aos pesadelos e alucinações. Objetos imaginários podem aparecer junto com a realidade, o que é muito assustador. Maria continuou relembrando a pintura de que eu tinha falado outro dia. Uma das muitas representações da doença nas artes. Perguntei como ela sabia de tudo aquilo e Maria respondeu simplesmente que um mágico não revela seus truques. Devia ser o Google, pensei, mas ela parecia ler meus pensamentos e arrematou com um "e não foi no Google".

Era exatamente o que eu sentia. Será possível que eu não estava sendo assombrado por uma entidade demoníaca? Aquilo pareceria uma boa notícia se, como resultado, eu descobrisse que não estava pirando de vez.

The Clash: banda inglesa formada em 1976. Fazia parte da primeira onda do punk britânico, que tinha como outro expoente os Sex Pistols.

Maria me tirou do silêncio introspectivo perguntando se eu ainda estava ouvindo. Agradeci a ajuda e disse que precisava pensar no assunto. Garantiu que, assim que pudesse, passaria em casa pra conversar melhor comigo, enquanto isso ela falou pra eu não correr para o computador e pesquisar a doença. Como ela sabia exatamente o que eu estava pensando de novo, eu não faço ideia. Começava a acreditar que Maria era uma espécie de bruxa ou oráculo. Ela falou que eu precisava relaxar e fazer alguma coisa feliz, isso ia ajudar. Ela tinha visto um disco, na pilha que minha mãe havia separado, que se chamava "London Calling", do Clash, uma banda punk do final dos anos 1970 e começo dos 1980 que ela adorava. "Pegue o disco e ouça alto", disse Maria, sem rodeios, "vai te fazer bem, garanto", completou antes de desligar. Logo depois, mandou mensagem: "London Calling" e muitas mãozinhas fazendo chifres.

FAIXA 19 Socorro, o mundo afunda e eu moro na beira do rio

Só de ver a capa do vinil eu já sabia que ia gostar. A foto de um cara quebrando o baixo no palco. Essa foto foi considerada a melhor imagem do rock de todos os tempos. Aquilo era realmente punk e resumia uma das minhas maiores vontades ultimamente: sair quebrando tudo o que encontrasse pela frente. Outra novidade era que eu tomava conhecimento de uma forma de lançamento que achei bem estranha. Era um álbum duplo. Havia um encarte que se abria em duas partes de dois discos dentro. Achei um gasto incrível para 19 músicas. Coloquei o primeiro disco na vitrola. Abre com "London Calling", que me soou como um pedido de socorro. O Clash me ganhou na primeira música, eu também pedia socorro. "Londres está afundando e eu moro perto do rio", era assim que eu me sentia. Tudo em volta afundando e eu muito perto de me afogar. Eram meus pesadelos.

Um disco punk nem sempre é animador. Contagiante é muito mais correto. Só que eu estava gostando. Essa foi a única música que me fez pensar em mim, o restante do disco me animou e me fez correr pra pesquisar umas coisas bem estranhas, como a Revolução Espanhola e o poeta e dramaturgo espanhol Federico Lorca, que foi fuzilado em agosto de 1936, no auge da sua produção intelectual. As bombas espanholas. Uma música com melodia alegre pra uma guerra. Pensar no problema dos outros me ajudava a esquecer os meus. Aliás, perto dos problemas da humanidade, eu era o mosquito do cavalo do bandido. Mas os meus problemas são os meus e dóem mais em mim do que em qualquer outro. Sei que é egoísmo, talvez até infantilidade, mas, pra um garoto, seus percalços são os maiores do mundo.

"Lost in the Supermarket" é outra de que gostei. Pelo tema e pela melodia grudenta. Como o punk era uma coisa dançante e bem marcada no final da década de 1970. Quando ia pra escola e só eu conhecia Green Day na classe, me achava o cara mais descolado do mundo. Para meu desespero, meu pai já ouvia isso desde meados dos anos 1970. Minha arrogância tinha me privado de conhecimento. Era uma lição que eu deveria levar em conta daqui por diante. Depois que sentei nessa cadeira de rodas, o que não faltou foram lições pra derrubar a soberba interior de qualquer um.

Muitas misturas de ska, punk, reggae, *rock'n'roll* e outras tantas músicas legais como "Wrong'Em Bayo" e "Koka kola" me fazem quase pular na cadeira, mas é com "Train in vain", que fecha o álbum, que saio dançando com cadeira de rodas e tudo. Não deu pra evitar. Ouvi umas dez vezes seguidas.

Estava suado e feliz. O disco me fez sacudir muito a cabeça até bater com a perna na estante e quase morrer de dor, tudo sem parar de gritar o refrão de "Lover's Rock".

Minha mãe entrou em casa e me viu ali, no meio da sala, suado e ofegante. Correu pra mim muito preocupada, perguntando o que tinha acontecido. Recebeu de volta um sorriso cansado, mas era um sorriso e se tranquilizou. Passou os olhos pela pilha de discos, viu a capa do Clash inteiramente aberta e entendeu tudo imediatamente. Punk rock. Coisa pra jovens cheios de energia. Um ótimo sinal. Sorriu de volta para mim e falou que ia preparar algo gorduroso pra gente comer. Teria gritado "Gabba Gabba Hey!", se eu conhecesse os Ramones na época.

Ramones: *banda americana de punk rock formada em Nova York, em 1974. Considerada uma das maiores influências no rock de todos os tempos, apesar de seus integrantes, todos com sobrenome Ramone, não acharem nada disso.*

FAIXA 20 Dormindo com o inimigo

O exercício de cadeirante tinha me feito bem. O sanduíche também. Estava cansado e de barriga cheia o suficiente pra ter uma boa noite de sono. "Não há mal que dure pra sempre", era o que eu pensava quando minha mãe ajudou a me ajeitar na cama. Eu tinha certeza de que teria uma noite de paz, pra variar. Maria havia jogado uma luz sobre meu problema e isso me fortalecia. Eu não estava ficando louco. Sofria de algum mal estranho, porém conhecido. E realmente tive algumas boas horas de sono. No começo da madrugada, aquele horário bastante confuso entre o final da noite e o amanhecer, tudo recomeçou. Não sei se estava acordado ou dormindo. Li em algum lugar que por volta das quatro da manhã era o melhor horário para se atacar um inimigo, um castelo, um acampamento adversário. Nessa hora, todos estão muito sonolentos e com o cérebro cheio de brumas que demoram a se dissipar. Essa falta de reflexos é explorada pelos agressores, que podem atacar sem muita resistência durante um período importante, criando vantagens.

Estou longe de ser uma fortaleza inexpugnável, invadir minha cabeça foi tarefa bem mais fácil que atacar um castelo. A Presença avançou rapidamente, ávida pelo meu desespero. Dessa vez não teve sutilezas. O tubarão não deu voltinhas, mordeu de primeira.

Meu pai apareceu na minha frente e me acordou. De novo, ele estava do jeito horrível que ficou logo após o atropelamento. O pescoço se dobrava em um ângulo desconfortável e pouco natural. A cabeça espalhava miolos pelo chão. Senti um calafrio. Ele não falava, o pescoço quebrado devia ter arruinado as cordas vocais, emitia chiados desconcertantes. O osso fraturado da perna esquerda furava a carne e as calças, hematomas e escoriações por todo o corpo. Era um farrapo humano. Mas o pior era o chiado que vinha da garganta e o seu esforço pra me olhar naquela maldita posição nada humana. Sua voz era um gorgolejar molhado e asfixiante.

Tentei gritar, obviamente sem sucesso. Ele levantou o braço bom e apontou um dedo para mim. Era um sinal de acusação, eu tinha certeza. Ele jogava toda a culpa da sua morte nas minhas costas. Não precisava falar para que eu entendesse o que os chiados tinham para dizer. Ele queria que eu visse o que minha existência fez com a dele. Queria que eu olhasse aquele corpo destruído e sentisse todo o pesar de ter sido o causador daquela desgraça. Ele tinha dado a vida pra me salvar e isso trazia uma questão que me atormentava desde que a Presença começou a se insinuar na minha vida: "Meu pai havia me salvado por amor ou por reflexo?". De qualquer modo, naquele instante eu acreditava no reflexo, já que aquela aparição parecia arrependida de ter me salvado.

Na minha cabeça doente, o fantasma de meu pai exigia que eu me redimisse. Exigia que eu tirasse a minha própria vida para ser perdoado. Apontou o dedo que me incriminava para o ventilador e depois para mim e eu sabia o que ele queria. Sabia que minha vida acabaria ali, meu corpo balançando pendurado no ventilador, com um fio da TV enrolado no pescoço. Eu já tinha visto e revisto a cena muitas vezes durante a depressão mais profunda. E agora eu tinha certeza do que devia fazer. Eu não podia continuar usufruindo da vida enquanto quem mais me amou morreu por minha causa. A Presença, na forma de meu pai, tinha dominado completamente meus sentidos, me fazendo crer que tudo o que se passava na minha cabeça era real.

O que aconteceu a seguir é muito confuso. Não tenho o que se pode chamar de lembrança, na exata acepção da palavra, parece mais uma memória sensorial dos acontecimentos.

Sem sair da cama, eu puxei o cabo de força do computador. Ele voou da tomada, deixando para trás o adaptador que a gente usava desde que os plugs de três pontas tinham virado padrão. Olhei para o teto, me perguntando se o ventilador aguentaria meu peso. Ele parecia solidamente chumbado à laje. Era uma casa antiga e confiável. Permanecia de olhos abertos e com domínio dos meus movimentos, mas não estava acordado. A Presença e meu pesadelo me mantinham numa espécie de transe. Sentei na cama e joguei o cabo entre as pás do ventilador. Não deu na primeira vez, tentei de novo e o cabo se enrolou na base. Deixei que deslizasse até que as duas pontas tivessem o mesmo comprimento. Com o apoio da cabeceira da cama, consegui me levantar em uma perna só. Agora vinha o trabalho mais complicado. Minha ideia idiota era subir na cadeira de rodas, ficar em pé, enrolar os cabos no pescoço, dar um nó e, por fim, empurrar a cadeira de rodas para longe. Ela deslizaria e pronto. Tudo isso sem bater minha perna, o meu transe tinha consciência além da minha. Sabia que se eu me machucasse acabaria acordando e acordado eu não teria coragem de fazer o que eu tinha que fazer. Estava dentro de um sonho muito realista, o desejo inconsciente de remissão dos pecados poderia ser saciado. Precisava ser perdoado por meu pai. Dentro daquela lógica absurda, minha morte seria o único meio de reatar o fio da realidade. Estar vivo era uma aberração contrária às leis naturais. Eu tinha infringido essa lei e a punição era a morte. Olho por olho, dente por dente.

Em pé ao lado da cama, testei o cabo que iria me servir de forca e ele aguentou bem meu peso. Usei a perna boa e subi pelo cabo como quem pratica escalada. Meus braços tinham se fortalecido durante aquele período de perna quebrada e fisioterapias. Fiquei em cima da cadeira de rodas, equilibrado em uma perna só. Por conta desse equilíbrio precário, tinha que me movimentar vagarosamente. Era um suicídio em câmera lenta. Amarrei o cabo em volta do pescoço e me segurava a ele, ajudando a manter o equilíbrio na única perna de apoio, com o peso bem distribuído. Eu estava em êxtase, olhava para o meu pai, que me retribuía um olhar torto de aprovação. Uma felicidade enorme se apoderou de mim pouco antes de empurrar a cadeira. Tudo na minha vida me levava para aquele momento de clímax. Deslizei rumo ao vazio.

Não sei exatamente em que momento minha mãe entrou no quarto aos gritos, me vendo engasgar e ficar roxo. Sentou-me na cama e bateu forte nas minhas costas. Minha respiração não queria voltar. Parecia um asmático em pleno ataque de brônquios. Bateu com mais força nas minhas costas, em desespero. Era como se eu tivesse levado uma bolada no estômago e não conseguisse respirar. Minha mãe abriu minha boca para ver se eu estava engasgado com alguma coisa. Não sei exatamente o que foi que ela fez, mas quando seus dedos entraram na minha boca, abriram meus canais respiratórios e voltei a respirar em grandes golfadas de ar, junto com ânsias terríveis. Vomitei copiosamente na cama, em minha mãe, em mim mesmo. Peguei a garrafa de água que ficava no criado mudo e tomei um gole grande, voltando a me engasgar. Mais tapas nas costas, tossidas doloridas e ânsias. Meus olhos lacrimejavam por causa da ardência na garganta. Minha mãe tinha chegado a tempo novamente. Ela estava se transformando numa espécie de segurança contra meus pesadelos, meu anjo da guarda particular. Meu próprio corpo reagia de forma inconsciente à minha vontade. Percebi que eu não precisava praticar o ato de me enforcar ou me envenenar para morrer. Dentro do pesadelo, minha traqueia se fechou e meus instintos de sobrevivência falharam vergonhosamente. A Presença vencia minhas barreiras de segurança. Com esses pensamentos melancólicos, minha mãe me levou ao banheiro para que me limpasse. Depois foi a vez de ela tirar todo o vômito da roupa e do corpo. Limpamos o quarto juntos e em silêncio. Eu não tinha coragem de contar o que aconteceu. Depois, fomos pra sala assistir a alguma série na TV para tentar distrair nossas cabeças cansadas. Dormi na cadeira e minha mãe ao meu lado, no sofá. Dessa vez, um sono sem sonhos.

FAIXA 21 As duas mulheres da minha vida

Acordei com o sol entrando pela janela. A coitada da minha mãe dormia toda torta e encolhida no sofá. Nem imagino o sofrimento e o pânico de uma mãe que vê seu filho se asfixiando. Tentei falar, o que saiu foi um grunhido rouco. Minha voz era uma pasta disforme. Tossi para limpar a garganta com cuidado pra não acordar a pobre mulher. Ela precisava de um descanso. A perna doía de forma horrível, porém merecida. Tomei o remédio pra dor e achei bom ter um momento para ficar sozinho. Precisava pensar no que me levou àquela situação tão embaraçosa. O pior era que o meu pescoço estava no meio desse nó. Aos poucos, fui me lembrando do pesadelo. Mesmo sabendo o que me acometia, não consegui evitar o impulso suicida dentro do sonho. A memória do que aconteceu era um quebra-cabeças que fui montando aos poucos. Logo tinha todas as peças no lugar. A Presença me atacou com sua pressão psicológica. Fazia uma chantagem emocional ao me colocar frente a frente ao fantasma destruído do meu pai. Buscou, dentro da minha cabeça, meus maiores temores, pecados e culpas e os potencializou, me levando ao ato desesperado do suicídio. O que impressionava era como havia conseguido manipular meu inconsciente com tanta facilidade. Eu me sentia uma marionete cuja vontade era a vontade de outra pessoa. Tentar tirar a própria vida era o limite. Se eu não reagisse, minha cabeça, na forma daquela Presença, ia tentar de novo e de novo até conseguir. Sabia que não estava lutando contra um fantasma, eu lutava contra meu demônio particular e ele morava dentro da mim. Eu era meu próprio inimigo. Claro que essas conclusões são de uma pessoa um pouco mais adulta. Na época, eram apenas noções rarefeitas, um rapaz da idade que eu tinha não conseguiria racionalizar toda essa história. A intuição falava mais alto e ela dizia que se eu quisesse sobreviver ia ter que lutar contra um adversário bastante conhecido e temido: eu mesmo.

Minha mãe acordou e ficou genuinamente feliz em me ver de olhos abertos. Deu um bom dia com olhos de ressaca e afagou minha cabeça. Era constrangedor, mas delicioso. Falou que ia fazer um bom café da manhã pra gente, o que me animou. Depois, tinha que trabalhar e esperava que eu não engasgasse, sufocasse, asfixiasse, vomitasse ou qualquer coisa do gênero enquanto ela estivesse fora. Senti a ironia e respondi na mesma moeda, prometendo que não ia nem mascar chiclete, pra não ter problemas. Consegui arrancar um novo sorriso.

Maria chegou logo depois do meu almoço insosso, já se desculpando em aparecer sem ligar e trazendo um saco cheio de chocolates. Tinha ficado preocupada comigo; eu não tirava sua razão, eu também estava bastante preocupado comigo.

Contei a ela tudo o que se passava na minha cabeça, dessa vez não omiti nada. Precisava desabafar com alguém e ela era a bola da vez. Foi como descarregar um caminhão que eu levava nas costas. Falei sem parar por quase uma hora e ela me ouviu atentamente e, muitas vezes, surpresa com o que eu contava, principalmente quando eu disse que o pesadelo tinha se transformado em algo físico, me sufocando durante o sono.

A pergunta certa era: o que fazer para me livrar desses pesadelos?

Eu já tinha chegado a algumas conclusões. Entre elas, duas me levavam a caminhos distintos. A primeira era que não havia nada de sobrenatural e a "Presença" simplesmente era uma criação da minha cabeça. A segunda era que a "Presença" poderia ser uma entidade autônoma, mas que agia conforme minha depressão e meus sentimentos ambíguos ou culpados. De qualquer maneira, minha cabeça estava me sabotando e tentando me matar. Maria foi até a janela, olhou um tempo para fora enquanto eu me refazia da "terapia" exaustiva. Voltou e sentou-se no sofá, onde antes minha mãe dormira, e recomeçou a falar lentamente, procurando palavras para me ajudar. Nós dois víamos o problema, essa era a parte fácil, a parte complicada é que, aparentemente, a solução teria que vir de dentro de mim. Eu teria que combater sozinho o que ela chamou de "meu eu-suicida". O jeito era partir para um psicólogo ou um padre. Ela riu e disse que padre só depois de eu dar duas voltas com o pescoço e começar a vomitar sopa de ervilha. Eu andara vomitando, mas era o sanduíche da noite e não "sopa de ervilha". E não sabia se um psicólogo seria o mais indicado. Maria não achava que alguém mexendo na minha cabeça teria tempo pra alguma solução ou iam me trancar numa cela acolchoada e jogar a chave fora. Perguntou-me se eu tinha falado com minha mãe. Como estava tentando ser totalmente honesto, disse que preferia mantê-la fora disso por enquanto. Uma hora eu teria que abrir o jogo e conversar, mas não seria agora. Minha atual situação exigia que eu sobrevivesse, fizesse as pazes com meu pai e voltasse a ter uma vida no presente de novo. O problema é que eu estava vivendo completamente no passado, tentando mudar o imutável. Passado é passado, não existe mais, virou história. A única coisa que posso ter dele é lembranças e tirar lições pra não repetir os erros; alterar era completamente impossível, para não dizer estúpido.

Eu precisava de alguma coisa que me prendesse à vida, que colocasse esse lado mau, que todos nós temos, de volta na jaula. Maria me perguntou o que poderia me fazer querer viver. O que poderia alimentar meus instintos de sobrevivência. Tinha que ser algo muito bom, um desejo profundo. Eu a ouvia falar e era como uma hipnose. Fui ficando introspectivo, buscando dentro de mim as coisas que eram boas na minha vida. E fui falando para ela tudo o que se passava e ela me encorajava. Ajudava a desencavar meu lado bom. Primeiro, vieram meus pais, eu fechei os olhos e vi as muitas cenas do cotidiano, viagens, risos, bons momentos. Maria pedia coisas mais específicas. Fui me aprofundando e vi meu pai ao lado de seus discos, com o violão na mão. Minha mãe estava em frente a ele e os dois sorriam para mim. Sem deixar aquele ar de felicidade, ele cantou "Woman", do Lennon, pra minha mãe e voltou a olhar para mim no instante em que a canção dizia "I Love you. Now and forever". Tive a certeza de que aquele verso era pra mim, comecei a cantar junto com ele, repetindo como um mantra. Abri os olhos, que estavam cheios de lágrimas prestes a rolar, como essas cachoeiras que saem das personagens dos mangás. Maria sorria, admirada. Como eu era idiota! A música! Meu pai estava me ajudando esse tempo todo, através da música, e eu não prestei atenção. Num gesto automático, beijei Maria na boca. Eu tinha beijado bem poucas garotas na vida e nunca daquele jeito impulsivo. Ela arregalou os olhos, mas não desviou os lábios e, para minha grata surpresa, devolveu o beijo. Maria era o outro motivo pelo qual valia a pena lutar, agora eu sabia exatamente. Não importava se ela não gostasse tanto de mim quanto eu dela, não importava se tinha um namorado mais velho, só me interessava que ela estava na minha frente e, naquele exato instante, eu estava completamente louco, alucinado, apaixonado como nunca tinha ficado na minha curta existência. Foi a primeira vez que eu a vi enrubescer. Achei que Maria era imune a esse tipo de vergonha adolescente. Levantou-se, me encarando de uma distância segura. Acho que ela pensou que atrás daquele garoto na cadeira de rodas podia ter alguma coisa perigosa. E o jeito intenso como me olhava sugeria que ela adorava o perigo. Sorriu e disse que precisava ir embora. Eu não conseguia dizer nada, meu coração queria saltar pela boca. Estava admirado com minha própria coragem. Chegou até a porta, voltou correndo, me deu um beijo curto e rápido nos lábios dizendo que nós dois tínhamos muito em que pensar aquela noite.

Saiu quase correndo. Parecia feliz e isso me deixou extasiado. Maria não disse que me queria, mas também não tinha dito que não. Era muita coisa para um dia só.

FAIXA 22 Uniformes, besouros e o clube dos corações solitários

Minha mãe encontrou-me plantado, com uma cara de pateta apaixonado que arrancou risos dela. A intuição feminina é uma coisa louca. Deu boa noite, um beijo estalado no rosto e perguntou, guardando a bolsa despreocupadamente, se eu havia encontrado Maria. Só então notei que eu devia estar com olhos em forma de coração, para ela sacar tão depressa. Ela me conhecia como a palma da mão. Estava claro como água que a garota tinha mexido e remexido com minhas emoções e minha mãe tinha experiência suficiente para reconhecer um rapaz perdido. Eu achando que estava fazendo progressos e ela já sabia de tudo, ficou na dela até agora e ia me mostrar que sabia muito mais da vida do que um fedelho como eu poderia imaginar.

Foi à cozinha e voltou com um sanduíche enorme pra mim e um prato de salada com pedacinhos de frango pra ela. Colocou na mesa da sala, junto com um copo de suco e uma taça de vinho. Tudo isso tagarelando sobre como um amor adolescente pode ser forte. O frio na barriga, o primeiro beijo, todo o jogo de sedução, os ciúmes, como podia ser fugaz ou avassalador, descrevia exatamente meus sentimentos. Notou minha surpresa e perguntou-me se eu achava que ela nascera adulta. Disse que também já tivera dezesseis anos e lembrava, com saudades, como era.

Sentou-se onde meu pai costumava ficar e puxou minha cadeira para perto dela. Nós íamos ouvir umas músicas, comer e conversar. Apesar do ar cansado, ela parecia bastante animada. Essa seria sua vez de ser o DJ e escolher as músicas. Concordei com tudo. Estava com fome, sem vontade de ficar sozinho e querendo falar; na verdade, eu queria gritar. E sabia que podia despejar na minha mãe todos os meus sentimentos amorosos, só os amorosos, fiquei bem longe dos sombrios. Ela não me recriminaria ou questionaria com perguntas que eu não saberia como responder. Era outra coisa pela qual valia estar vivo. Minhas cartas nas mangas e meus trunfos estavam aumentando consideravelmente.

O vinil escolhido é o mais famoso da música pop e o nome dizia muito de nós dois. Minha mãe e eu éramos dois corações solitários ouvindo a banda do Sargento Pimenta. Ela me contou que aquele fora um dos discos que meu pai mais ouvira durante sua vida conjugal, talvez durante sua vida toda. A informação redobrou minha atenção.

O Sargento Pimenta entra à frente de sua banda marcial com a franca intenção de divertir as pessoas com o show. E consegue. Alto astral. Quando começou "With a Little Help From My Friends", ela apertou minha mão e me abraçou. Os Beatles estavam cobertos de razão, eu estava precisando de toda a ajuda possível e meus únicos amigos eram minha mãe e Maria. Será que era outro recado? Ouvimos o que me pareceu uma obra-prima irretocável e choramos juntos com "A Day In The Life", cinzenta como a vida em Londres. Senti-me um pouco adulto ouvindo John, Paul, George e Ringo. Como eu queria conversar com meu pai sobre essas músicas, esses discos. Ele me contaria histórias do quarteto de Liverpool. Mais importante que isso, ele saberia o que fazer com o que me atormentava. Passaria seu braço sobre meu ombro e passaríamos juntos por essa crise. A saudade apertava demais e chorar com minha mãe ajudou bastante a desafogar um pouco a alma. Foi a vez de minha mãe passar o braço sobre meu ombro e me fazer falar. Contei o que aconteceu na visita de Maria; a visão do meu pai cantando Lennon a fez sorrir deliciada, disse que ele sempre fazia esse tipo de serenata para ela quando estava animado ou quando tinha feito alguma besteira. Era um tipo de pedido de desculpas ou um pedido pra levá-la pra cama. Pedi pra me poupar dos detalhes sórdidos. Nenhum filho precisa saber que seus pais transavam. Era bizarro. Ela me chamou de boboca. Como eu achava que as crianças nasciam? Fiz uma careta. Finalizei com a história do beijo, que a deixou muito feliz por mim. Não ficou tão impressionada com a minha coragem, me via com outros olhos. Para ela, eu tinha muitas qualidades que uma garota poderia apreciar. Era honesto, gentil, inteligente e bem-humorado quando queria. Eu achava que ela me via melhor do que eu era na realidade. Não importava. Se ela dissesse que eu viraria o poderoso Thor, o Deus do Trovão, eu acreditaria.

Fomos dormir mais leves. Sem que eu pedisse, ela montou uma cama no meu quarto e foi muito gentil em dizer que era ela que não queria dormir sozinha essa noite. A verdade dura era que eu precisava ser vigiado, pra não fazer besteira. Agradeci com um sorriso. Qualquer que fosse a intenção da Presença seria frustrada. Minha mãe seria como um talismã contra um possível ataque do meu inconsciente. Confiei no instinto materno e, sentindo um cansaço morno, me entreguei ao sono.

FAIXA 23 O poderoso Deus do trovão

Ainda não estava completamente inconsciente quando senti a Presença no meu quarto. Tentei despertar, não consegui. Estava de novo preso ao sonho, com os membros imobilizados. O medo provoca efeitos sobre o corpo, coisas químicas acontecem, como descarga de adrenalina e aumento dos batimentos cardíacos, fazendo com que o sangue corra mais depressa pelo organismo. Tudo para deixar o ser humano pronto para uma fuga ou para uma luta violenta. Acontece que eu não podia fugir e não queria uma luta violenta. A batalha seria travada na base da força de vontade entre minhas duas partes conflitantes. Eu acreditava que tinha fortalecido minha parte boa com doses de amor, endorfina e o veneno secreto da flecha do cupido. Não sabia se seria o suficiente, apenas esperava que sim. Pelo menos por mais uma noite.

Recordei as explicações de Maria sobre a paralisia física que a doença causava e comecei a fazer todos os exercícios de relaxamento que ela havia me ensinado. Primeiro, controlei a respiração, e com isso meus batimentos cardíacos desaceleraram. Era a primeira vez que eu sabia que estava dentro de um sonho. Preparei-me para um novo confronto com a Presença ou qualquer outro fantasma que ela tirasse do meu subconsciente, da melhor forma que eu pude. O relaxamento estava fazendo efeito, conseguia sentir meus músculos perderem a rigidez. Apesar de estar em um canto escuro do pesadelo, eu conseguia vislumbrar um local que era ainda mais negro e ameaçador. Na verdade, parecia muito mais um não-lugar na minha cabeça. Um vazio horrível, porém móvel e consciente.

Meu eu-maligno estava comigo. Mesmo sabendo que não deveria ter medo e me achando preparado para enfrentá-lo, não consegui evitar que meu coração voltasse a disparar e meus músculos enrijecessem. A Presença me transportou ao seu mundo de pesadelos tirados diretamente da minha cabeça. Começamos o jogo de gato e rato. Lógico que a Presença era um gato astuto e eu, um rato assustado tentando sair da armadilha. Sem contar que meu inimigo parecia se fortalecer dentro do meu subconsciente. Os pesadelos eram os locais onde meu outro eu era mais robusto. Imaginei Tom e Jerry. O rato quase sempre levava a melhor. Fui à luta.

Colocou-me num estúdio abandonado. Apenas a luz vermelha, indicando que tinha alguém gravando, piscava como um fantasma, e um monte de pequenas luzes vermelhas e verdes na mesa de som se mexiam automaticamente. Essas mesas tinham esse tipo de controle remoto, mas precisavam de alguém pra acionar tudo e não havia ninguém na técnica, somente o som de uma guitarra tocada com slide, muito triste. A música era "While My Guitar Gently Weeps", de George Harrison. Não me pergunte como eu sabia disso, apenas sabia.

No sonho, eu tinha pernas boas, isso queria dizer que a Presença teria que "passear" comigo pelo pesadelo. Guardei o medo bem fundo e saí andando em direção à porta. Atrás dela, deveria ter alguém gravando, era de onde saía o som da guitarra. Portas com travas grandes, parecidas com uma geladeira industrial, feitas para impedir que o som entrasse ou saísse da sala. Isolamento acústico. Meu pai me explicou isso algumas vezes. O estranho é que não havia aquele vidro grande que deixava tudo como um aquário. Com o coração disparado, antecipei o que eu veria atrás da porta, peguei na maçaneta grande e gelada. Fiz

George Harrison (25/02/1943 – 29/11/2001): *músico, cantor, compositor inglês, integrante dos Beatles que depois teve uma carreira solo bastante inspiradora. Compositor de algumas das melhores baladas sentimentais da música pop.*

força com o ombro para poder abrir a porta, que destravou, fazendo um barulho nojento de sucção. Fui empurrando devagar, com muito medo do que eu poderia encontrar ali dentro. A Presença parecia me guiar. Ela era eu mesmo e me fazia ir em frente.

Havia uma pessoa tocando guitarra sentada em um banco. Não preciso dizer que era meu pai. A novidade é que, dessa vez, ele estava perfeitamente bem, o que me deu um breve alívio. Ele parou de tocar e, sem virar-se, voltou a me acusar, dizendo que ele poderia ter sido aquele cara no estúdio se eu não tivesse nascido. A interrupção brutal da sua vida lhe tirou tudo o que ele amava e lhe deu um inferno de dores e sofrimentos. Ignorei a censura e criei coragem. Era o sonho, meu pai nunca me falaria uma coisa daquelas. Argumentei que ele fora um homem bom, como poderia estar num inferno de dor e sofrimento? A afirmação era uma mentira da Presença. Uma mentira que eu tinha criado para me molestar. Ainda de costas para mim, meu pai continuou dizendo que eu inventava desculpas para o imperdoável. Eu era um assassino e precisava pagar para que ele pudesse ter paz. As palavras, que saíam vagarosamente da boca dele, começaram a fazer sentido. Numa lógica implacável, conseguiam abalar minha vontade de lutar e embaralhar meus pensamentos, me colocando naquela mesma zona de conforto que eu tinha estado pouco antes de tentar me enforcar. Meu pai aproveitou o momento de fraqueza, apontou o cabo ligado da guitarra para o amplificador e mandou-me acabar logo com aquilo. Novamente, a falsa paz me invadiu, como se a decisão de acabar com a vida resolvesse os problemas do mundo. Soava muito fácil e eu tentava lutar contra a vontade de acabar com tudo. Acho que meu pai, guiado pela Presença, notou meu esforço mental em me defender. Ele se virou e começou a se desfigurar e gritar para que eu olhasse o que tinha feito com ele. Perguntou se eu achava que ele merecia tanto sofrimento.

Transformou-se na figura deformada do outro sonho, com o pescoço num ângulo impossível, perna com fraturas expostas, luxações, hematomas, pedaço do cérebro caindo pelo lado da sua cabeça. Logo seus gritos eram apenas um gorgolejar aquoso. Sons que saíam de uma garganta estrangulada e de pulmões perfurados.

Tentei correr, sair dali, mas meus pés não me obedeciam. Não tinha mais controle sobre meu corpo. Ele pegou o cabo com seu braço bom e enrolou no meu pescoço. Começou a puxar vagarosamente. Minha respiração foi pouco a pouco se fechando. Dentro do sonho, eu estava desmaiando e morreria asfixiado pelo meu pesadelo. Sem saber exatamente o porquê, comecei a entoar o mantra que havia aprendido essa tarde: *"I Love you. Now and forever"*. Meu pai continuou apertando o cabo. Estava difícil cantar, mas continuei com olhos fechados, lembrando meu pai tocando para minha mãe, lembrando Maria e minha nova vontade de viver. *"I Love you, yeah, yeah. Now and forever"*. O aperto na garganta foi cedendo bem devagar. *"I Love you, yeah, yeah. Now and forever"*. Quando abri os olhos, não havia ninguém no estúdio. Acordei logo depois e, no escuro, minha mãe estava sentada na cama, sorrindo e chorando ao mesmo tempo. No sonho, eu cantava em voz alta, como meu pai.

Ela não tinha notado que eu havia acordado. Fingi que continuava dormindo e deixei-a com aquelas lágrimas, que eram uma mistura de saudade, felicidade e amor. Duas vitórias no mesmo dia. O cansaço só me venceu quando o dia clareava e dormi poucas horas, um sono de pedra.

FAIXA 24 Amar e esperar são verbos que não rimam

Acordei com o cheiro de café quente que vinha da cozinha. Pela primeira vez em muito tempo, meu estômago não embrulhou com o cheiro de comida. Apesar de todos os problemas durante a noite, eu parecia ficar mais forte fisicamente. Muita fisioterapia ajudava. Isso seria ótimo para o que eu teria que enfrentar. Tive uma amostra de quão poderosa a Presença poderia ser e não gostei nada do que vi. A diferença é que, agora, eu tinha armas para lutar. Sabia que meu lado maligno não iria desistir de mim facilmente e, por enquanto, a Presença levava a melhor, porém essa noite eu havia equilibrado o jogo. Tinha um segundo tempo inteiro para virar a partida.

A cadeira de rodas já estava ao lado da cama, colocada de forma que eu mesmo conseguiria sair com a força extra que meus braços estavam adquirindo depois de exercícios constantes; não podia dizer o mesmo das pernas. Mesmo com a fisioterapia, a perna boa tinha um aspecto doentio e amarelado; nem vou falar da outra, que ainda era um caco.

Rolei a cadeira até a cozinha. Minha mãe acabava de preparar o café da manhã e já estava pronta para trabalhar. Foi só olhar seu rosto que eu vi que teve uma noite de sono tão "espetacular" quanto a minha. Ficou acordada a noite toda depois da "serenata" que proporcionei. Debaixo dos seus olhos havia manchas escuras enormes. Percebi na hora que eu estava dando mais trabalho do que ela admitiria. Meu bom dia saiu rouco e ela se alegrou sinceramente. "Isso é que dá ficar cantando a noite inteira", falou, enquanto eu limpava a garganta com um copo de água. Minha mãe contou que eu tinha cantado durante a noite e queria saber se era para ela ou para Maria. Brincava que sentia uma pontinha de ciúmes. Eu achava que ela estava sentindo muito ciúme. E era o ciúme de mãe, possessivo e sufocante. Eu não sabia exatamente o que dizer e optei pela resposta mais canalha. Eu cantava um pouco pras duas. Minha mãe entendeu isso como cavalheirismo e me deu um beijo na cabeça. Aliás, suada.

Depois do café, ela me ajudaria com o banho antes de ir para o trabalho. Não reclamei. Era a primeira vez que eu não me chateava por ficar debaixo do chuveiro numa cadeira com a perna ensacada pra não molhar o gesso. Aquilo era um processo doloroso e humilhante. O que não é um pouco de motivação? Ficar limpo e cheiroso ganhou uma nova dimensão depois de Maria. E é claro que minha mãe percebeu e não deixou barato. Agora eu sofreria a humilhação do banho e as brincadeiras da minha mãe em relação à namorada que nem era namorada ainda e tinha grandes chances de nem vir a ser. Ótimo. Como diria minha avó, eu estava bem arrumado.

Esperei minha mãe ir ao trabalho e mandei uma mensagem curta para Maria dizendo que tinha sobrevivido a mais uma noite e perguntando se ela queria passar em casa pra ver seu perneta favorito. Queria mandar corações pulando, beijos apaixonados. Felizmente, contive esses impulsos estranhos e fui tentar me concentrar em física mecânica e óptica. Trabalho lento e complicado, já que eu ficava verificando o celular de dois em dois minutos. Nada de notícias de Maria. O tempo não andava, se arrastava. Passei a olhar o celular a cada instante. Cada vez que chegava uma mensagem, era um susto. Minha mãe perguntando como eu estava. Um parente querendo saber da minha saúde. Um amigo achando que já era hora de voltar à vida. Não era possível viver daquele jeito. Enfrentar a Presença parecia brincadeira de criança perto de ter que esperar notícias de Maria.

A cabeça já começava a pensar em tragédias de todo tipo. Ela tinha visto a besteira que fez me dando um beijo e não ia mais falar comigo? Não parecia do feitio de Maria fugir assim. Estava ocupada e não podia responder? Não ia cair o dedo se ela mandasse uma mensagem. Ela não queria responder. E se o celular estivesse quebrado? Sido roubado? Era uma hipótese, bem remota. Chegou um momento em que eu não conseguia mais estudar. Na verdade, não conseguia pensar em mais nada. Não aguentei e mandei outra mensagem, perguntando se estava tudo bem e pedindo pra ela me mandar notícias, pois eu estava preocupado.

A noite me surpreendeu no auge da angústia. Não aguentava mais o silêncio do celular quando minha mãe entrou em casa com Maria a tiracolo. Minha amiga não estava bem, disse minha mãe, depois de encontrar a garota sentada no portão de casa. Ela estava com olhos vermelhos e inchados de chorar. Abraçou-me do jeito desajeitado que as pessoas abraçam um cadeirante e pediu desculpas por não ter respondido às mensagens nem retornado as ligações. Agora eu estava realmente preocupado. Ainda não tinha visto Maria fragilizada, muito menos chorando. Sempre me pareceu uma garota tão forte. Forte, porém humana. Minha mãe nos deixou a sós e pudemos conversar. Eu peguei lenços de papel e perguntei, delicadamente, o que aconteceu. Maria não conseguia mentir, nem ser dissimulada. Contou para o namorado a história toda, inclusive a conclusão com o beijo que eu roubei e que depois ela havia retribuído. Obviamente ele não levou muito bem a situação e, pior que isso, mostrou um lado da sua personalidade que ela não conhecia. Tinha sido agressivo tanto com palavras quanto com ameaças físicas. Ela havia ficado apavorada com o ataque de raiva dele. Disse que fazia algum tempo que não sentia medo de outra pessoa como sentiu dele. Coisas contraditórias rolavam dentro de mim. Eu ficava comovido e triste por ela ter passado por aquele tipo de humilhação, mas, ao mesmo tempo, isso aumentava muito minhas chances com Maria. Na dúvida, apenas ouvi tudo e a abracei com força, achei que aquele era o melhor modo de dizer que eu poderia ser um porto seguro e, principalmente que a amava muito. Mais ainda em um momento em que ela se mostrava tão amargurada. Era a minha vez de retribuir tudo o que ela tinha feito por mim. Perguntei se ele chegou a agredi-la. Maria desabafou chorando e dizendo que faltou muito pouco e que, se ela não tivesse fugido, talvez estivesse ali de olho roxo. Fiquei enfurecido. A raiva aumentava à medida que eu me sentia impotente para protegê-la. Maria pareceu ler meus pensamentos. Limpou os olhos e disse que esse assunto era problema dela e que iria resolver. Não queria vê-lo nunca mais, porém alguma coisa dentro dela dizia que não ia ser tão fácil.

Maria foi embora, apesar dos insistentes convites da minha mãe para que ficasse e jantasse conosco. Ela precisava ficar um pouco sozinha e resolver as coisas dentro dela.

FAIXA 25 Uma visita desagradável

A primeira noite sem pesadelos. Parece que as preocupações com meu coração e com Maria eram maiores do que os fantasmas na minha cabeça. Aparentemente, me deram um tempo e, não vou mentir, foi um alívio. Uma sensação boa de vitória pairava sobre mim. Infelizmente, durou bem pouco tempo.

Assim que minha mãe saiu, a campainha tocou. Achei que era o carteiro ou a medição de energia elétrica. Abri a porta e rolei com minha cadeira pela rampa de madeira. Abri o portão e tive uma surpresa desagradável. Um rapaz vestido de preto, com tatuagens e uns piercings no nariz e nas orelhas. Eu soube imediatamente quem era aquela pessoa com cara de poucos amigos: o namorado de Maria vinha tomar satisfações. Antes que eu pudesse fazer qualquer coisa, ele invadiu meu quintal. Tentei fechar o portão, mas ele foi mais veloz e colocou o pé entre o portão e o muro, impedindo que me trancasse dentro de casa. “Agora que a mamãezinha saiu, é hora de termos uma conversa”, foi mais ou menos o que ele disse. Eu vinha enfrentando a Presença por muito tempo e não seria a cara feia de um aspirante a artista que me intimidaria.

Apesar da força que ele fazia para parecer uma figura exótica e autêntica, o que veio a seguir não era nada de extraordinário. Previsível em cada palavra. Conseguia antecipar o que ele tinha pra falar. Não que isso ajudasse muito a me defender. O máximo que poderia fazer no meu estado era ser espirituoso nas respostas. Primeiro, ele tentaria me humilhar. Ia me rebaixar até que eu me sentisse uma formiga entre seus dedos. Depois viriam as ameaças e, finalmente, sair com a última palavra, me esmagando como a um inseto. Ele seguiu perfeitamente o roteiro montado na minha cabeça. Começou tentando a humilhação. Ele estava surpreso que Maria se interessasse por um moleque numa cadeira de rodas. Mexeu no meu pé, mostrando nojo e desinteresse pela minha perna quebrada cheia de pinos de aço. Perguntou se eu achava que tinha alguma chance com Maria. Um serzinho desprezível, mal saído das fraldas e aleijado.

Eu passei por momentos terríveis em que as coisas mais fortes que sentia eram dor e medo. Aprendi a farejá-los. O rapaz metido a ser mau estava com medo. Não de mim especificamente, mas de perder seu troféu mais importante, pois Maria não passava disso, um troféu que ele lustrava e mostrava para os amigos. Um cara possessivo que não conhecia o significado da palavra derrota e não seria eu que iria fazê-lo perder. Se ele estava tão confiante assim, não precisava ter se dado ao trabalho de seguir Maria até minha casa e planejar essa ceninha ridícula. Eu e minha enorme boca. Se ficasse calado, talvez tivesse jogado um pouco de areia no fogo da raiva dele. Mas não, tinha que falar tudo o que pensava e acho que toquei na ferida. As palavras caíram do meu cérebro diretamente pra minha boca, sem passar pelos filtros usuais de censura interna.

Comentei da ceninha ridícula que ele estava proporcionando, continuei dizendo que ele sofria de falta de confiança por se sentir ameaçado por um "pirralho" e terminei perguntando o que Maria ia pensar depois de mais essa pisada na bola. Já não bastava a tentativa de agredir uma criatura com a metade do peso dele? Chamei-o de covarde e outras coisas. Enfim, fui falando, falando até deixar o cara realmente furioso.

Chegou perigosamente perto da minha perna e vieram as ameaças, como eu havia previsto. Eu não estava em condições de enfrentar ninguém fisicamente, nem ao menos fugir, e o sorriso pérfido que ele esboçou ao mexer suavemente no meu dedão não deixava dúvidas. Aconselhou-me, como um velho amigo sádico, a ficar longe de Maria, ainda mexendo suavemente no meu pé. Abriu mais o sorriso e torceu um pouco meu dedo. A dor foi terrível e soltei um gemido alto. Essa garota não ia fazer bem pra minha saúde, foi a última coisa que disse antes de sair, me deixando com uma dor enorme na perna e um peso ainda maior no coração. Meu instinto gritava alto pra ficar longe do babaca. Ele demonstrou uma violência gratuita que eu não entendi exatamente na hora, mas era um alerta e devia ser considerado seriamente.

FAIXA 26 Guitarras, chifres e uma estrada para o inferno

Tranquei o portão assim que o imbecil saiu da minha casa. Compreendi o medo repentino que Maria havia sentido dele. Era um canalha sádico, cínico e arrogante. O próprio sinônimo de psicopata juvenil. Um tipo bem clichê em filmes de aventura, mas que na vida real é bem mais ameaçador. Era capaz de machucar as pessoas fisicamente, sim, via isso nos olhos dele. E o canalha parecia

"Carrie": filme norte-americano de 1976, baseado no livro homônimo de Stephen King, seu primeiro romance publicado. Dirigido por Brian de Palma e com algumas refilmagens. Dizem que a parte do livro onde algumas meninas jogam absorventes íntimos em Carrie foi tão impactante dentro da editora que contrataram King imediatamente.

gostar de ver o sofrimento dos outros. Tinha assistido a milhares de filmes de garotos que enfrentam valentões na escola como esse idiota. Os caras como eu sempre levavam a pior. Se pelo menos Maria fosse alguém com os poderes de Carrie, a Estranha, a gente teria alguma chance, mas, infelizmente, não era o caso.

Eu estava desenvolvendo um talento incorrigível para arranjar inimigos. Aparentemente, esse talento vinha com outro que me fez arranjar uma garota e isso compensava. Botei na balança e, para o adolescente, os riscos valiam a pena. Ter pelo que lutar era um estímulo gigantesco para minha pouca coragem de enfrentar o mundo. Além de sobreviver à Presença, teria que dar um jeito de me livrar de um ex-namorado ciumento (olha que avanço, eu já estava chamando o meu desafeto de ex) e ainda conseguir ficar com a mocinha. Se fosse um filme B sobre adolescentes, o roteirista ia dar um jeito de me fazer sofrer bastante, mas me premiaria com um final feliz. O problema é que aqui eu podia sofrer bastante e ganhar mais sofrimento depois, nenhum roteirista ia me ajudar. Só podia contar com uma cabeça confusa. Nem pernas pra correr eu tinha.

Rolei com minha cadeira para dentro de casa, um pouco trêmulo devido ao confronto, seguindo, sem pensar, para a pilha de discos.

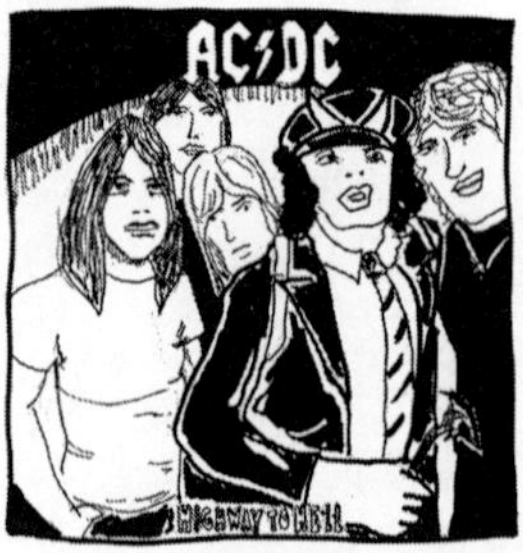

Outra vez, a sensação de meu pai me guiando através da música. Um pai de verdade, não aquela imitação que aparecia nos pesadelos.

Precisava de um aditivo potente. Uma coisa que me transformasse em um super-herói, ou que pelo menos me deixasse com essa impressão. Eu queria algo como gritar "*Shazam*" ou uma palavra mágica e me transformar em alguém super. Impossível, eu sabia. Ter confiança já seria um bom começo.

Peguei um vinil da pilha, intuitivamente. Começava a aprender a confiar na intuição. A capa do disco já dizia tudo. Quatro garotos com caras entre malvados e debochados e um quinto elemento vestido como um colegial boboca, mas com uma boina de chifres que davam a ele ares de Damien, o menino endemoniado de A Profecia. Ainda não conhecia Max Demian do livro de Hermann Hesse; se conhecesse, faria ligações bastante perigosas para um garoto da minha idade.

O disco era do AC/DC. Quem gosta de super-heróis aprendeu a ouvir essa banda nos momentos impactantes dos filmes. Não sabia que eram esses os caras das melhores trilhas de filmes e animações de ação que eu tinha visto. O primeiro *riff* de guitarra de "Highway to Hell" me fez abrir um sorriso.

Era exatamente daquilo que eu precisava. Aumentei o volume até as grandes caixas de madeira trepidarem com o som. Agradeci meu pai em voz alta e gritei o refrão junto com eles. Adrenalina pura na estrada para o Inferno. Não só parecia piegas, era muito piegas. Mil vezes ouvido, mil vezes falado, pegajoso, previsível, mas só essa banda consegue fazer o tema parecer original. Uma música crua, básica, que ia direto para a boca do estômago. Aquela música arrebatadora que te faz sentir invencível. "Touch too much" foi outra que me pegou de primeira. Que viesse a Presença, que viesse o ex de Maria, que

Damien e "A Profecia": *filme anglo-americano de terror, lançando em 1976. A personagem Damien é o próprio filho de Satã. O filme teve 3 sequências e uma refilmagem em 2006.*

Max Demian e "Demian": *Max Demian é uma personagem do livro "Demian", do alemão Hermann Hesse. A história conta a vida de Emil Sinclair, jovem criado sob uma ótica puritana e que se sente atormentado e busca resposta. Sob influência de Max, vai ter outra visão do mundo. Vale a pena ler outras coisas do Hesse, como "Lobo da Estepe" e "A arte dos Ociosos".*

AC/DC: *banda australiana de rock'n'roll formada em 1973 pelos irmãos Malcolm (já falecido) e Angus Young, dois escoceses de uma família muito louca. Tem músicas em um monte de trilhas sonoras.*

viessem todos os fantasmas que eu iria dar um pé na bunda de todos eles, mesmo com a perna quebrada. Eu era o próprio solo infernal de Angus Young. Entendi na hora o amor do meu pai pela guitarra. Um músico iniciante ouvindo AC/DC enlouquece. Era o ABC do rock. Se eu queria entender meu pai, tinha que ter começado por aquele disco. Algo me dizia que foi ali que ele entregou a alma, ainda jovem, para o *rock'n'roll.*

Eu queria lutar, queria sangue, "If you want blood". Depois de pouco mais de meia hora de disco, sentia-me pronto e forte o suficiente para enfrentar a vida. Estava na hora de dar a volta por cima. Fisioterapia para a perna e para a cabeça. Fortalecer corpo e mente, tanto para me proteger quanto para acompanhar a enérgica Maria. Não queria ficar para trás. Muito menos esconder-me nas sombras de outra pessoa ou dos meus medos. Tinha passado da hora de tomar as rédeas de minha vida. Precisava fazer isso agora ou ia ficar cada vez mais fácil entregar os pontos nessa estrada para o inferno que todos nós temos que percorrer.

Coloquei outro disco da banda, "Back in Black". O álbum de rock mais vendido de todos os tempos. Mandei direto o lado B, com a música que dá nome ao disco. Peguei os pesos e fui fazer fisioterapia. Fortalecer o corpo e a mente com o AC/DC.

FAIXA 27 Coisas boas

Maria apareceu em casa no final da tarde e já me encontrou recuperado da desagradável visita matutina. Ficou surpresa que eu estivesse lidando tão bem com aquelas ameaças. Ela havia descoberto o lado violento e psicótico do ex-namorado, estava preocupada com minha integridade física e um pouco com a dela também. Acreditava que essa história ainda daria alguns desgostos para todos os envolvidos.

Maria viu os discos do AC/DC em cima do sofá e me disse com ironia que eu não era o Homem de Ferro. Era, no máximo, o Garoto-com-ferros-na-perna, o que não era grande coisa, ou pior, poderia vir a ser o Garoto-que-iria-levar-ferro se continuasse com a boca frouxa, irritando ex-namorados violentos, metidos e maiores. Rimos muito juntos.

Eu não estava preocupado com nada além de Maria. A garota assustada tinha ido embora e agora voltava a ser a moça corajosa e espirituosa de sempre. Ficou séria, me pedindo pra tomar cuidado. Sim, eu seria cuidadoso, mas o que exatamente eu faria? Chamaria a polícia? Pediria ajuda pra minha mãe? O máximo que poderia fazer era sair correndo com minha possante cadeira de rodas. Maria não achou graça da brincadeira e repetiu que era só pra ficar atento. Não confiava nas intenções do seu ex. Uma sombra cobriu seu rosto. Disse que talvez o melhor para a minha recuperação era sair da minha vida e me deixar em paz. Achava que eu não precisava de mais problemas. Eu discordava completamente. Maria era uma das razões para eu voltar à vida, me recuperar. Eu estava falando o que me passava pela cabeça, sem pensar. Disse em voz alta que ela era a melhor coisa que me aconteceu nos últimos tempos, não ia me acovardar com uma cara feia. Se tinha alguém responsável pela recuperação da minha integridade mental era ela. Tinha conseguido juntar os meus pedaços e, pouco a pouco, eu me tornava uma pessoa inteira de novo.

Maria não se intimidou como eu esperava e beijou minha boca, me pegando desprevenido. Parecia ter uma predileção em fazer coisas inesperadas. Agora era oficial. O babaca tinha virado ex mesmo e eu estava ficando com a mocinha do filme. Agradeci ao roteirista da minha vida, rezando pra ele continuar do meu lado na história. Maria pareceu ler meus pensamentos. Não era pra ir com muita sede. Eu estava em fase de experiência. Devia pensar naquilo como um "*test drive*". Emendei que, apesar das muitas peças de ferro, eu não era carro pra fazer "*test drive*", mas não me importava. Ela riu e voltou a me beijar, continuando o tal teste. Admito que eu estava gostando muito.

Minha mãe chegou pouco depois que Maria partiu. Entrou, farejou o ar como um bom perdigueiro, me perguntando se alguém tinha passado em casa. Claro que era uma pergunta retórica. Ela sabia que Maria tinha estado ali. Porém, omiti propositadamente a cena degradante do ex-namorado maníaco-homicida que também tinha aparecido pouco antes, causando um certo mal-estar neste cadeirante. Ela não precisava de mais esse problema. Meu pai me dizia que existem problemas que são só nossos, eles em geral começam com o pronome "eu". Cada um com as suas próprias dificuldades. Quando o problema começava com "nós", era diferente. Fora o susto, o dia tinha sido melhor do que eu imaginava.

Jantei muito bem ao lado de uma mãe animada com o progresso social do filho. Fui pra cama leve, nem lembrava que tinha dores, muito menos da tal Presença. O que não faz a endorfina em um adolescente? Isso foi um erro. Baixei a guarda. Uma dura lição que aprendi naquela noite.

FAIXA 28 Trem-fantasma

O banho quente derrubou minha pressão. Estava relaxado e apaguei antes de colocar a cabeça no travesseiro. O sonho veio, como sempre, de forma despreocupada, primeiro com uma sensação boa. Sonhava com Maria, estávamos num parque de diversões. Eu tinha duas pernas normais. Caminhávamos de mãos dadas, me sentindo invencível. Quanto maior a árvore, maior o tombo. A gente brincava e se beijava como dois clichês de filme adolescente, até que ela pediu para andar no trem-fantasma. O tom do sonho começou a mudar assim que olhei para o brinquedo. As cores não pareciam mais tão nítidas, estavam desbotando. O sorriso de Maria soava falso. As luzes piscavam aqui e ali, em curto. O parque, que era bonito no começo do sonho, transformou-se numa ruína decadente e maquiada. Só fui perceber a armadilha quando era tarde demais. Estava tão feliz que deixei a Presença à vontade para manipular minhas emoções. As correntes que prendiam meu gênio mau ainda não estavam tão bem reforçadas quanto eu acreditava. Minha parte doentia voltou ao ataque, sedenta.

Passamos pela fila, entrando no carrinho que nos levaria dentro daquele castelo grotesco, mal feito, de papelão, gesso e plástico. Toda a magia tinha dado lugar a um sentimento de desconforto. Eu era pura ansiedade, queria dar o fora dali imediatamente. Maria segurou minha mão, perguntando se eu estava com medo, se era um covarde. Esse não era o modo de Maria falar. Nunca tinha sido cínica comigo antes. O pressentimento de um desastre iminente me dominou. O carrinho era uma tralha, a tinta descascava, a trava de segurança estava quebrada, o funcionário esquisito, sempre de costas, não parecia dar a mínima pra nós, estava tudo fora do lugar. O pior era o sorriso de Maria. Sorria sem alegria nenhuma, como se tivesse aprendido o truque em um livro. Só os lábios se mexiam, os olhos eram duas pedras pretas polidas. De uma dureza assustadora. Sua voz se tornou fria como seus olhos. Nem assim caiu a ficha de que o tubarão estava dando voltas ao meu redor, esperando o momento certo. Eu estava tão apaixonado que deixei passar todas as pistas que poderiam me dar alguma chance de defesa. A Presença me enganava como um bom prestigiador. Enquanto eu olhava pra uma coisa, com a outra mão fazia sua trapaça barata. Para demonstrar que não era um covarde, entrei no carrinho do trem-fantasma, sentei e o funcionário me prendeu com um cinto de segurança muito apertado. Foi quando vi que o rapaz era o ex-namorado de Maria. Tarde demais. Ele mantinha um riso assustador no rosto, que muito vagamente lembrava um sorriso. Aliás, os dois pareciam usar uma máscara mortuária com esse sorriso horrível estampado.

"Essa viagem você vai ter que fazer sozinho", disse Maria. Nesse momento, tive a perfeita noção da minha situação. Como eu pude pensar que tinha alguma chance com ela? Foi o primeiro pensamento que me veio à cabeça. O ex abraçou Maria, beijando-a. Encarava-me com o canto do olho, querendo ver minha reação; meus olhos estavam cheios de lágrimas, só que eu não queria chorar, não ia dar esse gostinho pra ele. Deixei-me ficar ali, enfrentando a cena bizarra como podia, preso ao carrinho do trem-fantasma. Sem descolar os lábios da boca de Maria, ele ligou a máquina. Pude ouvir Maria gritando um "tchau, otário!" que doeu mais que ver o beijo dos dois. Eu entrava na escuridão do brinquedo e dos meus pesadelos, indo direto pra bocarra do tubarão. A Presença conhecia todos os meus pontos fracos. Atacou sem piedade.

O primeiro fantasma apareceu logo. Uma luz iluminou um canto onde minha mãe dava risadas agudas, parecendo uma louca. Apontava pra mim, zombando da minha incapacidade de conviver com o mundo. Ria o riso louco e gritava, histérica. Dizia que eu deveria desistir de tudo, que era um completo fracasso, que tinha matado meu pai e a deixado enlouquecer sozinha. Eu tentava falar e me defender, mas os barulhos do trem e os gritos alucinados daquela mulher que parecia minha mãe não deixavam minha voz sair. Era muito pior que qualquer fantasma de verdade poderia ser. Não pude conter as lágrimas, que começaram a rolar junto com o carrinho que me levava para outro canto escuro.

O segundo fantasma eu conhecia muito bem. Estava um pouco mais velho, mas reconheci imediatamente, andando de muletas, a cabeça baixa. Eu estava ali na minha frente, o retrato da infelicidade. O carrinho parou para eu ver a transformação. Fui envelhecendo diante dos meus olhos e todo o sofrimento que aquele "eu" sentia passava para mim. Um veneno que eu engolia sem pensar. Tanta gente fica com deficiência e continua a vida, por que eu não conseguia? A resposta era simples. Culpa, desespero, fraqueza de caráter. A palavra COVARDIA acendeu como um neon sobre o meu eu decrépito e piscou melancolicamente. Serão anos e anos me martirizando até a chegada da morte, como um bálsamo. Pude sentir minha morte como uma dádiva, uma bênção, como se alguém tivesse tirado de cima dos meus ombros todo o peso que eu carregava.

O carrinho voltou a andar, eu mal tinha enxugado os olhos e a imagem de meu pai se materializou, atravessando uma esquina escura. O carrinho acelerou de forma impossível. Gritei, mas ele não me ouviu e atropelei o velho, jogando seu corpo para a frente, como o de um boneco. Na verdade, era a mesma cena do acidente, só que dessa vez eu estava ao volante. Como um carrinho de trem-fantasma poderia ter aquela força e velocidade? Passei em frente ao acidente quase parando, como para me mostrar o estrago que tinha feito. Meu pai estava no chão, ensanguentado, ossos quebrados, o cérebro caindo para fora de seu crânio rachado.

O carrinho continuou devagar e a cada instante uma luz iluminava uma pessoa que me acusava. As luzes, os gritos, a velocidade com que as cenas se sucediam, tudo colaborava para aumentar a confusão mental. A Presença não me permitia um momento de concentração. Eu sabia que necessitava organizar as ideias com urgência, o pânico já tinha se instalado em mim.

Fechei os olhos, controlando a respiração. O medo sempre faz a gente respirar mais rápido, o coração bater mais acelerado, alguns hormônios ficam enlouquecidos, descarga de adrenalina, um gasto enorme de energia que eu iria precisar para sair dali. Tentava raciocinar e lembrar como eu havia conseguido me livrar daquela situação da outra vez. Sabia que era uma música, mas não conseguia entoar a melodia com tantos gritos histéricos e luzes à minha volta.

Finalmente, saí do castelo e o carrinho parou. Só o carrinho, minha tortura continuava. Maria e o seu ex se aproximaram vagarosamente. Eles me olhavam como predadores encaram uma possível vítima. Sentaram na lataria frontal descascada do carrinho, um de cada lado, e Maria sugeriu que eu acabasse logo com aquilo. Era só pegar o cinto de segurança, passar em volta do pescoço e pular. Olhei por entre os trilhos, de onde eu estava até o chão deveria ter mais de três metros. Pouco, mas o suficiente para o que eles pretendiam. Claro que, se eu não me decidisse sozinho, eles poderiam dar uma força, rosnou o ex, afinal para que serviam os amigos?

Minha cabeça funcionava a mil por hora. O lance de controlar a respiração tinha funcionado, me mantinha calmo, e com isso eu podia analisar minhas chances, que não eram muitas. Estava amarrado e, mesmo que conseguisse me soltar, o ex era bem maior que eu, além de estar com uma vontade louca de acabar comigo. O meu pai dizia que a música podia afastar a tristeza e outros bichos. Será que esses "outros bichos" eram o que eu estava passando agora? Depois de todo esse tempo sonhando com essa imitação do meu pai, comecei a perceber que era a falsificação, só que ainda não tinha ouvido a voz verdadeira do meu velho. E essa voz estava no fundo da minha cabeça pela primeira vez, me dizendo que agora era a hora de cantar uma canção bonita, uma melodia triste, qualquer coisa, desde que eu acreditasse muito na música. O problema é que eu não conseguia pensar em nenhuma enquanto os dois se preparavam pra me ajudar a acabar com aquela agonia que eu chamava de vida. O ex começou a soltar o cinto e depois, com um cuidado exagerado e teatral, enrolava no meu pescoço. Maria pressionava meus braços com força, sem saber que não era preciso, eu não pretendia me mover. A voz no fundo da minha cabeça implorava por uma reação, me dizia que nada daquilo era real. Eu venceria se ouvisse o som. Busquei fundo em mim, ele veio baixinho, num crescente que eu começava a reconhecer. Dessa vez, não foi John Lennon. Um outro João veio me salvar. O refrão de "Rocket Man" surgiu em toda a sua grandeza de saudade e solidão. Relembro do meu pai nos momentos de tristeza ouvindo Elton John, murmurando o tempo em que ele era feliz e tinha pra quem voltar.

Elton John: *cantor, compositor, pianista e produtor, nascido em 25/03/1947, na Inglaterra. Já vendeu mais de 300 milhões de discos no mundo, o que provavelmente o torna um dos maiores sucesso de vendas de toda a história da música.*

Cantei aquele refrão, primeiro bem baixinho. Os fantasmas me olharam desconfiados. Depois cantei com todo o meu coração a música triste, fazendo os dois pararem de tentar me matar, assustados, como se a música fosse um mantra poderoso contra demônios. Continuei cantando e cada objeto no maldito parque foi se desfazendo. Aos poucos, até os dois dublês se esfumaçaram no ar. Despertei. Senti, aliviado, que tinha empurrado a Presença para um lugar bem afastado dentro da minha cabeça e colocado de volta na jaula. Gostaria de saber se tinha jogado a chave fora. Independente disso, me veio a certeza de que tinha vencido uma batalha importante contra o meu monstro interior. Por enquanto, eu estava seguro, a guerra continuaria em outro lugar. Chorei ao agradecer silenciosamente meu pai pela ajuda, mesmo sabendo que ela tinha vindo da minha própria cabeça. Ele continuava morto, mas foram as lembranças dele que me salvaram de mim mesmo.

Até hoje, não tenho palavras para descrever o alívio em me ver livre e, principalmente, de fazer as pazes com o que tinha passado, de começar a me reconciliar com meu pai. Eu tinha aprendido um processo cognitivo que me dava controle sobre uma determinada ação. A palavra para isso é volição, não a conhecia na época. Sabendo ou não da existência dessa palavra, eu tinha ganhado determinação e começava a transformar essa ação em um hábito.

FAIXA 29 Piano, óculos e um astronauta salvador

O dia seguinte estava iluminado. Minha mãe notou, dissertando muito mais para si mesma do que para mim sobre os poderes que uma garota teria para mudar a vida de um rapaz. Não respondi, uma garota podia ser ótima ou também te empurrar ladeira abaixo e, no meu atual estado, descer a ladeira de cadeira de rodas não era boa ideia. Confesso que, se Maria me pedisse isso com carinho, eu faria com um sorriso no rosto, desde que ela ficasse comigo, mesmo que eu me arrebentasse no final. O pesadelo da noite já tinha se dissipado e se tornado o que era na verdade, apenas um sonho ruim. Eu poderia superar os sonhos ruins dali pra frente, tinha certeza disso. Era uma questão de esforço.

Depois que minha mãe foi trabalhar, fiquei com a casa só pra mim. Rodei minha cadeira até os discos e procurei um do Elton John que tivesse "Rocket Man". O vinil tem o esquisito nome de "Honky Château". Descobri também que a letra da música, escrita pelo companheiro do pianista na época, foi baseada num conto de ficção científica de Ray Bradbury, escritor que adoro, e fala de um astronauta que vai

Ray Bradbury (22/02/1912 – 05/06/2012): *escritor americano de romances e contos. Sua temática preferida era ficção e fantasia. Autor de muitas coisas legais, como "Fahrenheit 451" e "Crônicas Marcianas".*

pra Marte e fica longe da família.

Eu não estava longe da verdade quando imaginava que a música me fazia sentir melancólico e nostálgico. Saudades de casa, da família, num lugar frio como o inverno. Senti isso no carrinho do trem-fantasma: frio como o inverno, sem lugar pra voltar.

O fato é que o astronauta-pianista Elton John salvou minha vida. Ouvindo esse cara tocar dá uma vontade louca de aprender piano. Foi mexendo nos discos, ouvindo coisas e lendo que senti a forte presença do meu pai. Dessa vez, a verdadeira. Um sentimento de amor tão profundo me envolveu que me deu vontade de chorar. Pela primeira vez, a saudade que sentia não era angustiante, não doía tanto; era um sentimento triste, porém bom. Segurei no braço do violão que ficava no canto de sempre, mesmo sem ninguém pra tocar o instrumento, e deixei as lágrimas rolarem até sentir um alívio completo. A agulha pulava, brincando no final da última faixa do disco.

Quando peguei o celular, vi uma mensagem de Maria perguntando se poderia passar por aqui para darmos umas voltas. Respondi que sim, junto com carinhas risonhas de felicidade. Era uma meia verdade. Eu não estava feliz; aliviado, sim, e nostálgico talvez fosse a palavra adequada, mas duvido que tenha uma carinha pra isso.

LADO B
STEREO

FAIXA 1

Desafeto e discussões perversas

Maria apareceu na hora combinada, uma coisa que me agradava muito. Sou ansioso por natureza e atrasos sempre pioram a situação, me irritando bastante. Saímos para o dia ensolarado, o ar estava tão transparente que deixava todas as cores vibrantes e a cidade bonita. Lógico que esse dia maravilhoso pode ter sido fruto da lente de um adolescente apaixonado, para as outras pessoas era só mais um dia comum.

Maria empurrou minha cadeira rumo à praça perto de casa, dizendo que eu precisava de um pouco de sol, senão ia acabar ficando verde, com musgo saindo da camiseta e da cueca. Fiz cara de nojo e ela caiu na risada. No calor confortável do outono, dava pra ficar no sol como um lagarto se espreguiçando o dia todo.

Evitei tocar no assunto do sonho da noite anterior. Acreditava que eram águas passadas e que minha vitória significava um novo momento. Só queria aproveitar a companhia de Maria, o dia de sol e ser adolescente com problemas de adolescente. Eu devia ter cuidado com meus desejos. Mal começamos a conversar e um de meus muitos problemas de adolescente apareceu do outro lado da rua. Acho que a rivalidade com ex-namorados é uma coisa muito adolescente e essa rixa veio em minha direção, gingando e sorrindo de um jeito afetado que me dava ganas de sair da cadeira e esganar o desgraçado. Não pulei da cadeira, nem esganei ninguém. Mesmo que eu quisesse, não ia conseguir. Ele era maior, mais forte e sobrava em um quesito que me faltava: maldade.

Não entendo como Maria, sendo tão esperta, nunca havia percebido esse traço perverso no caráter do aprendiz de psicopata. Talvez tenha notado e achado charmoso de um jeito estranho. Melhor não pensar nisso agora. A única certeza é que, nessas horas, ser um cara de boa índole é o maior atraso. Não era covardia minha. Já vinha enfrentando a Presença, que era muito mais perigosa, sem me acovardar. Não seria ele que me intimidaria. Minhas condições não me favoreciam. Muito pelo contrário, eu estava incapaz de revidar, me defender ou mesmo defender Maria. Pensei rapidamente em quais as possibilidades de escapar da armadilha. Maria ainda não tinha visto o desafeto chegando quando eu falei que a gente ia ter problemas. Ela se virou e deu de cara com o ex, que não tirava o sorriso malicioso da cara. "Se eu tivesse uma arma", pensei. Provavelmente, não iria acontecer nada. Nunca atirei e não pretendo começar agora.

Maria deu dois passos impensados na minha frente. Foi um pouco humilhante a garota sair em minha defesa, mas me permitia um tempo maior para pensar em uma saída. Lógico que ele notou o que eu estava sentindo e foi direto na ferida. Começou dizendo que Maria tinha virado enfermeira de marmanjo e que eu precisava de uma garota pra me defender. Perguntou se eu ia chamar a mamãe também e usou outros argumentos desmoralizantes. Maria ficou possessa, eu via que ela tremia de raiva e sua voz acusou seu nervosismo quando ela se perguntou retoricamente como pôde gostar de um cara babaca como ele. O rapaz não perdeu a compostura nem a calma, estava em vantagem e pretendia usar isso. Por alguns momentos, eu parei de ser o assunto enquanto os dois trocavam farpas de casal se separando. Ele falou que era bonito e transava bem, tinha amigos interessantes, iam para lugares exóticos de que ela gostava e, principalmente, o namoro dos dois irritava o pai de Maria ao extremo. Estava disposto a perdoar todas as bobagens românticas de Maria se ela voltasse para ele e largasse o aleijado. Falou "a-lei-ja-do", desse jeito, separando as sílabas. Eu quis retrucar e parei ante um olhar furioso de Maria. Por enquanto, a briga era dela e não havia espaço pra intervenções.

O nervosismo de Maria passou para o nível "fúria raivosa". Soltou o verbo em cima do rapaz como uma avalanche. Nunca tinha precisado de homem nenhum pra nada na sua vida, nem pra ir a lugar nenhum, nem pra ter amigos, nem sexo, e irritar o pai ela podia fazer sozinha, muito obrigada. E precisava muito menos de um sujeito que a tratava com violência diante de qualquer problema, ele que tentasse levantar a mão pra ela de novo. Sem contar que era um egoísta, mesquinho, narcisista, egocêntrico, sem talento, mal-educado. Garanto que ela quis dizer isso, claro que não com essas palavras sensíveis. Soltava adjetivos e palavrões que nem eu conhecia.

Acredito que ele não esperava o ataque massacrante de Maria. Diante da ira da garota, perdeu um pouco da sua pose irritante. Quase gritei o placar para o desafeto: Maria 1 x 0 Babaca.

Vendo que ali não ia conseguir avanços nessa guerra, o ex mirou sua artilharia neste trouxa cadeirante que vos fala. Convenhamos que eu era um alvo bem mais fácil de atingir. O marmanjo desfiou contra mim a ladainha de sempre: aleijado, feio, sem graça, ridículo, boçal, otário, fraco, um perdedor por natureza. Maria tentou intervir, mas ele simplesmente a empurrou de forma grosseira e agressiva, o que me fez pular da cadeira e sentir muita dor na perna. Maria caiu sentada na calçada, com os olhos arregalados, sem querer acreditar que aquilo estava mesmo acontecendo. O desafeto olhou pra mim e depois para Maria com fingida piedade. Balançava a cabeça de um lado para o outro, recriminando o casal patético que éramos. Terminou sua tortura rindo, com a certeza de que minha atração por Maria seria um fiasco memorável. Era uma questão de tempo pra eles reatarem e eu voltar pra toca de onde nunca deveria ter saído. Um rato covarde que se escondia atrás de uma cadeira de rodas e de mulheres. Texto previsível, porém eficaz. O mesmo de sempre, fazendo o estrago de sempre. Conseguiu acabar com a pouca autoestima adquirida nos últimos dias. Contra minha vontade, acreditei no desgraçado. Não sei se Maria voltaria com ele, mas, com certeza, não ficaria comigo e minha toca me esperava, úmida e fria como sempre. Minha cadeira de rodas também não ajudava.

O ex deu um tapa frouxo no meu pé, como quem espanta uma mosca. Desdenhoso, mas não fraco o suficiente. Na medida certa para doer bastante. Um lembrete singelo para eu não me esquecer de quem mandava por ali. Maria levantou-se e empurrou o ex aos gritos, ele ria dos seus esforços tão desesperados quanto ineficazes. Um cara relativamente grande contra uma garota muito magra. Era como ver um esquilo tentando atrapalhar um rinoceronte. Deu as costas em visível desprezo e foi embora, com seu caminhar gingado e lento. Deixou atrás de si um cara completamente deprimido e uma garota furiosa. Nem sabia o que pensar. Maria respirava profundamente, tentando se acalmar, com o queixo quase encostado no peito e os olhos cerrados.

O novo placar veio na minha cabeça: Ser Desprezível 3 x 1 Casal de Otários. Nesse jogo, a gente tinha levado uma surra. Esquecemos o sol e a praça, demos meia volta e fomos para casa lamber as feridas.

FAIXA 2 Má reputação, coração negro e um casaquinho rosa

O silêncio constrangedor foi quebrado por Maria indo em

direção à pilha de discos, resmungando que não ia deixar que aquele babaca estragasse o dia de nós dois. Era exatamente isso o que ele queria, e ela não ia dar esse gostinho. Enquanto vasculhava os discos, falou que o que nós dois precisávamos era de um pouco de energia. Soltou um grito selvagem de alegria que me assustou. Retirou um vinil do meio dos outros e me mostrou, fazendo uma cara igual à da moça do encarte. "Que droga é isso?", pensei com meus ferros na perna ao ver aquela capa de disco com a foto de uma moça esquisita vestida de casaquinho rosa com fundo azul altamente contrastante. Vendo minha cara de quem não entendeu nada, Maria começou a tirar o disco do encarte e me contar uma história. Ela nunca tinha visto a edição original de "I Love Rock'n Roll", de Joan Jett and the Blackhearts. O disco é de 1981, vendeu mais de 10 milhões de cópias até hoje e a música-título (que é de uma banda dos anos 1970 chamada Arrows) se tornou rapidamente um hino da garotada.

Joan Jett foi a primeira mulher a começar sua própria gravadora e seu disco de estreia teve que sair de forma independente, porque foi rejeitado por 23 gravadoras. Perguntei se Maria era uma enciclopédia ou coisa parecida. Ela respondeu alegre que era "coisa parecida" e "I Love Rock'n Roll" começou. Lógico que logo no primeiro riff de guitarra minha cabeça começou a balançar. Entendi imediatamente o que ela falou de energia. Não é velocidade ou peso. Simplesmente, a música é fantástica.

A segunda faixa é "Run Away". Punk, simples, diretamente nos circuitos cerebrais. Durante o solo estranho com guitarras cheias de efeitos, a gente já tinha esquecido o ex-namorado-psicótico, deixando

Joan Jett and the Blackhearts: *Joan Jett é umas das garotas mais importantes da história do rock. Nos anos 1970, tinha uma banda legal chamada The Runaways. Compositora, guitarrista, atriz e cantora americana, tem sua própria gravadora e depois de uma curta temporada como artista solo formou os Blackhearts, com quem toca até hoje.*

The Arrows: *banda anglo-americana de rock, que atuou entre 1974 e 1977, com alguns sucessos que depois viraram hinos nas vozes de gente como Joan Jett e Miley Cyrus.*

a música invadir a casa e inundar nossas vidas. Aumentamos o volume.

"Love is Pain" era o que a gente estava sentindo. Amor e sofrimento, e vou dizer que, para mim, a dor era tanto emocional quanto física.

Ouvindo hoje, em pleno século 21, longe dos anos 1980, as músicas soam lentas e até suaves para uma banda punk. Tinha muito do rock dos anos 1950 ali. A banda que acompanha Joan Jett não era um primor técnico, mas resolvia muito bem as canções. O lado A termina com a lenta "Crimson e Clover", e fui tirado para dançar. Uma dança bizarra de uma garota linda com um cara de cadeira de rodas ao som de uma música que falava do amor de duas garotas. Ela me beijou e foi mudar o lado do disco. Nós éramos duas vítimas das circunstâncias e Joan Jett sabia do que estava falando, era uma garota de má reputação que sobreviveu!

Maria foi embora, tinha coisas pra fazer, estudar e cuidar da vida. Deixou um rapaz quase recuperado. Pelo menos o gosto amargo da derrota e a bílis do ódio tinham desaparecido com o beijo. Minha personalidade inclinada para o fatalismo e um tanto pessimista continuava a dar trabalho. Enquanto Maria estava por perto, me sentia mais forte. O amor que eu sentia por ela parecia criar um manto de proteção que me dava forças para enfrentar qualquer situação. O problema era quando a garota partia. Eu voltava a ser o idiota vulnerável de sempre. Mesmo com a minha pouca experiência, podia intuir perfeitamente que, se eu quisesse ter alguma chance com Maria ou qualquer outra pessoa, teria que me tornar independente. Não digo isso de uma maneira material. No meu atual estado e com a minha idade, eu sabia que a independência financeira ia demorar um pouco. Era a independência de sentimentos que eu procurava.

*"**Caiba nos seus sonhos**": verso da música "Blues da Piedade" de Cazuza, cantor, compositor e poeta brasileiro. Foi líder da banda Barão Vermelho durante os anos 1980 e depois teve uma bem-sucedida carreira solo. Morreu em 1990, aos 32 anos, vítima de complicações por conta da Aids.*

Não dava pra viver esperando por outra pessoa pra ser feliz. Muito triste alguém que vive procurando a pessoa que "caiba nos seus sonhos".

Pessoas se completam. Não são muletas ou remendos para nossos vazios interiores. Eu precisava lutar para ser inteiro física e espiritualmente de novo. Eu era como um vaso quebrado que tanto minha mãe quanto Maria se esforçavam para colar, pedaço por pedaço. As duas estavam fazendo um ótimo trabalho. Só não podiam me balançar muito enquanto a cola não secasse, que poderia me espatifar de novo. Tinha que dedicar o mesmo tempo, trabalho e esforço que eu usava para consertar meu corpo para minha cabeça.

Pensava em tudo isso de uma forma muito confusa, mas a ideia da volição já estava dentro de mim. Meu mundo fazia muito mais sentido ao lado dos discos e dos instrumentos de meu pai. Senti uma falta terrível dele, que poderia me dar algumas chaves para abrir portas que agora eu teria que arrombar com dificuldade. Senti sua presença, outra vez um sentimento bom. Apesar de ele não estar mais ali, eu sabia que, de alguma forma, eu poderia me guiar e deixar ser guiado por ele. Meu pai não era um fantasma que me atormentava, e sim um monte de sentimentos e emoções profundas de amor que poderiam me ajudar. Eu estaria preparado para ouvir e entender? Não saberia responder, na hora em que precisasse eu teria que provar ser merecedor do seu amor.

A saudade que senti era mais dolorosa que todos os pinos da minha perna.

FAIXA 3

Filme de terror de baixo orçamento

Alguns dias de tranquilidade se seguiram. Continuava com minha rotina de fisioterapia e estudos, agora inspirados pela paixão crescente por Maria. Dormia bem e dei uma folga para minha mãe. O que um pouco de descanso não faz com uma pessoa? Ela tinha rejuvenescido. As manchas roxas debaixo dos olhos sumiram, sua paciência voltara e, posso jurar, ouvi uma cantoria no banheiro. A vida parecia voltar aos trilhos de novo. Puro engano. Apenas a bonança antes da tempestade, com o perdão do jargão manjado. E ela veio com trovoadas, granizos e toda a sorte de aborrecimentos.

Havia alguns dias que eu não sentia aquela paralisia noturna que antecedia os pesadelos. Era como se estivesse amarrado à cama e um gato gordo sentasse sobre meu peito, criando um mal-estar próximo da asfixia. Eu nunca tive um gato gordo, não era isso o que me sufocava. Conhecia os sintomas, vinha lutando contra aquela doença esquisita desde o acidente. Era a paralisia do sono que precedia um sonho, em geral, ruim. Meu subconsciente me levaria para um lugar sombrio para me torturar. E dessa vez o lugar era digno de um filme B de terror do Wes Craven.

__Wes Craven:__ cineasta americano criador das séries "Hora do Pesadelo" e "Pânico". Freddy Krueger, uma de suas mais bizarras criações, alimentou meus pesadelos durante a adolescência.

Um corredor longo, piso limpo e liso. Paredes de um verde-claro, assépticas. Uma das luminárias fluorescentes estava piscando. Clichês do tal filme de terror com baixo orçamento. A Presença me levou de volta ao hospital. Parei e respirei profundamente para me acalmar. Ter aprendido esse truque ajudava bastante a manter o coração na pulsação correta. Novamente, eu tinha duas pernas boas, sinal claro de que eu deveria andar, então fui em frente. Não sabia pra que lado ir até ouvir uma guitarra. O som era baixo, alguém devia estar tocando o instrumento desplugado. Fui seguindo a música.

Aparentemente, a Presença tinha esgotado seu repertório de horrores e estava se repetindo, mudando apenas o cenário. Essa história de encontrar meu pai tocando já era velha. A placa sobre a porta de face dupla para a passagem de macas grandes dizia: "Necrotério". Não era o hospital que eu conhecia, ou pelo menos não reconhecia aquela parte em especial. Uma ala foi criada inteiramente para minha "diversão", referências dos muitos filmes podres que eu adorava. Algumas lições eu havia aprendido, uma delas era evitar surpresas e manter a calma com movimentos estudados. Abri as portas duplas com cuidado. Sentado, de costas para mim, em uma das macas metálicas e com a guitarra na mão, estava meu pai. Ele havia acabado de tocar uma música enquanto duas pessoas com máscaras cirúrgicas trabalhavam em suas lesões, deixando o corpo apresentável para o enterro. Mesmo esperando por coisa parecida, levei um susto ao ver que os dois enfermeiros eram, na verdade, Maria e o Babaca. Maria vestia um traje de enfermeira de filme pornô; recriminei minha mente perturbada de adolescente. Eles estavam consertando meu pai enquanto ele fazia um concerto musical. Foi essa a piada horrível que ouvi, porém o pior foi quando meu pai se virou e vi seu rosto apavorado, os lábios estavam costurados com pontos grosseiros cruzados. Ele tentava me dizer alguma coisa e sentia muita dor. O Babaca ainda disse que meu pai até tocava bem, mas que ele não aguentava aquelas músicas de velho. Perdi a compostura. Esqueci que tudo era um pesadelo e parti para cima do idiota. Foi um prazer enorme socar aquela cara. Ele caiu com o nariz sangrando. Não deu tempo de saborear o momento, uma dor aguda invadiu minhas costas. Virei e, mais uma vez, Maria havia me traído. Meu sangue pingava do bisturi nas mãos da garota, que mantinha o sorriso gelado por baixo da máscara que eu só conseguia vislumbrar pelos olhos sem vida. Caí pesadamente, ouvindo o riso rouco atrás de mim.

Fui colocado numa segunda maca, ao lado do meu pai. Eles nos mantinham presos. Eu não sentia mais meu corpo, o corte lesionou algo em minha coluna, não me mexia do pescoço para baixo. Os dois se aproximaram com linha e agulha, dizendo que dessa vez nenhuma música iria me salvar. Para meu terror, começaram a costurar meus lábios.

Eu olhava meu pai, deitado na maca, e não podia fazer nada. Uma sensação de impotência me invadiu. Finalmente, eu poderia me entregar para a morte libertadora, resignado. Não havia o que fazer. Fomos colocados em gavetas lado a lado. Maria dizia que era bonito ver pai e filho tão unidos. Tudo ficou escuro e em pouco tempo eu não teria mais ar. Se isso não me matasse, o frio faria o trabalho. A vontade de simplesmente deixar tudo acabar era enorme. A Presença tinha arranjado uma forma de eliminar a única arma que eu tinha. Manter a calma para sobreviver era prioridade e eu sabia disso, não era por Maria ou por minha mãe. Era por mim mesmo. Precisava mostrar que era forte. Que era merecedor do amor delas, do sacrifício do meu pai. Não podia deixar que tudo fosse em vão. Lentamente, fui me acalmando e lembrei-me da história contada por um músico amigo do meu pai, nas muitas reuniões em casa. Tom Jobim encontra Villa-Lobos na cozinha do maestro. Tudo na casa é uma bagunça. Crianças correndo, pessoas cozinhando e tagarelando, enfim, uma casa com muita vida.

Tom Jobim e Villa-Lobos: *maestros, compositores, arranjadores, ícones da música brasileira.*

Tom fica impressionado ao ver o mestre escrevendo uma música sem ligar para a confusão à sua volta. Ele, Tom, precisava de silêncio para compor, tinha um estúdio no meio do mato para conseguir

__Cat Stevens:__ cantor, compositor e músico inglês que fez muito sucesso nas décadas de 1960 e 1970, com suas baladas tristes e poéticas.

__Guardiões da Galáxia:__ personagens da Marvel de 1969 que viraram filme em 2014, porém a música "Father and Son" só aparece na sequência, que é de 2017.

paz. O maestro, não. Fazia músicas maravilhosas no meio da balbúrdia. Villa-Lobos contou-lhe o segredo, apontando para a cabeça. A música estava dentro dele, o que ouvia fora não o perturbava, ao contrário, servia de inspiração rítmica. Dentro da cabeça. A música dentro da cabeça. Som dentro da cabeça. Procurei por Tom ou Heitor Villa-Lobos. Nada. Não havia referências sobre eles nem no meu subconsciente. O que veio devagar foi "Father and Son" uma balada de Cat Stevens que meu pai tocava pra me fazer dormir.

Um dia, ele me explicou que a música resumia o amor do pai para com seu filho e que, apesar de todo o amor, eles possuíam diferenças difíceis de explicar; o pai tentava aconselhar o garoto, que queria ter sua própria vida e seguir um caminho incerto. Um diálogo comovente. Não me lembrava dela até ouvir de novo nos Guardiões da Galáxia. Obrigado, Marvel! Cantei com minha cabeça e fui cantando cada vez mais alto dentro da minha cabeça, até que as suturas que prendiam minha boca se dissolveram e pude cantar com o último ar que me restava. Ouvi meu pai cantando comigo. Aquele mundo se desintegrou.

FAIXA 4 Pais, filhos e uma xícara de chá

Já estava virando um hábito ouvir, no dia seguinte, o artista que meu pai enviava para salvar minha vida. Sentava ao lado dos discos e, invariavelmente, eu achava o vinil. Parecia mágica. O músico inglês em questão chamava-se Cat Stevens. Eu disse chamava-se no passado, mas ele não morreu. Mudou de nome. Hoje ele é Yusuf

Islam. Essa é outra história. Vamos ficar com o Cat, afinal a música que me ajudou é "Father and Son", do disco "Tea for the Tillerman", de 1970, e nesse tempo ele ainda usava seu nome de batismo cristão.

Acredito que a sensibilidade folk nas melodias e na forma de cantar de Cat Stevens eram as coisas que atraíam meu pai para ouvir e tocar suas músicas. Uma parte da minha infância voltou imediatamente quando tocou "Wild World", ouvi muito enquanto brincava com meus carrinhos e robôs. O violão de meu pai estava ali pra me apoiar e eu segurei no seu braço, como se fosse uma tábua de salvação. Apertei a madeira lisa, sentindo as cordas machucarem minha mão sem ligar. Fiz força até os nódulos dos dedos ficarem brancos e a parte de dentro da palma das mãos receberem a impressão em baixo relevo das cordas e trastes. Só soltei quando "Miles From Nowhere", última música do lado A, terminou. Isso depois de ter ouvido o triste violino de "Sad Lisa". Pensei na angústia mortal de meu pai com a boca costurada e depois em seu sorriso, quando conseguimos dissolver as linhas que nos prendiam e pudemos, enfim, cantar juntos.

Nunca quis tocar violão ou guitarra, os instrumentos prediletos dele. Não sei exatamente o motivo. Pressinto que era um sentimento de inferioridade. Eu achava meu pai tão bom que nunca conseguiria me equiparar a ele tocando. E ele me dizia que tocar um instrumento era muito mais dedicação que talento e, segundo ele, eu tinha muito talento. Peguei o violão e coloquei no colo, desajeitado por conta da cadeira de rodas e da perna quebrada. Toquei meu primeiro acorde desafinado naquela manhã. Afinar antes de tocar era algo que precisava ser resolvido.

Não era uma questão de tocar melhor ou pior, eu queria sentir a música nos meus dedos e na minha alma, como ele fazia. O timbre estalado da palheta no aço das cordas não me irritava mais, era percussivo, maravilhoso e libertador. Mais um passo em direção às pazes com o passado e com meu pai. Ouvi de novo “Father and Son” e prometi a mim mesmo: seria a primeira música que eu iria tirar assim que aprendesse a tocar. Sem poder andar por aí, sobrava tempo pra me dedicar ao instrumento. Ocupar minha cabeça e tirá-la dos problemas também ajudaria bastante.

FAIXA 5 Um acorde assombrado

A coitada da minha mãe levou um susto gigante ao ouvir o som vindo da sala. Desde a morte do velho, o violão surrado estava jogado no canto. Ela correu para onde eu estava de olhos arregalados. Olhou-me com assombro. Acredito que tinha uma ponta de decepção no seu rosto quando viu que era eu, e não o velho. Será que ela achava que meu pai tinha voltado?

Passado o susto, minha mãe ironizou, dizendo que desafinado daquele jeito não podia mesmo ser seu marido. Eu sorri e ela devolveu o sorriso. Tinha ficado feliz em ver meu repentino interesse pelo instrumento, mas disse que eu precisava aprender a afiná-lo antes de tocar. Balancei a cabeça afirmativamente. A ideia da afinação já me rondava. Afinados, os acordes soavam bem melhor. Passado esse momento lúdico em família, as coisas voltaram ao lugar. Minha mãe precisava trabalhar pra pagar as contas da casa e os gastos pesados que este otário que vos fala produzia e eu precisava voltar aos estudos, já que ser um esportista rico e bem-sucedido estava fora do cardápio de opções.

As dificuldades eram enormes para minha mãe bancar sozinha todas as contas normais mais os meus medicamentos, fisioterapias e outras coisas. A sorte é que os remédios estavam diminuindo rapidamente e logo poderíamos parar; isso seria uma economia grande o suficiente para ela respirar de novo e, quem sabe, até sobrar alguma grana para fazer uma viagem ou se cuidar um pouco. Minha mãe estava vivendo para mim e esqueceu-se completamente de si mesma. Isso me preocupava e feria meu orgulho. Eu sabia que precisava muito dessa ajuda, sem ela não iria conseguir nem voltar a andar, mas, ao mesmo tempo, ficava penalizado ao ver uma mulher como a minha mãe sem ter vida própria. Justo ela, que sempre gostou de sair e se divertir, de se arrumar, de ficar bonita. Eu esperava que fosse apenas uma fase, e no momento oportuno iria incentivá-la a voltar a ser a mulher de antes, ajudar com as contas e, quem sabe, ela até arrumasse um namorado novo. Seguir a vida. Tenho certeza de que era o que meu pai gostaria que ela fizesse.

FAIXA 6 Um disco que caiu do espaço, alienígenas e guitarras

Enquanto estudava, troquei mensagens com Maria. Era bem difícil me concentrar com a cabeça voando até a garota de dois em dois minutos. Os hormônios da adolescência não são fáceis de lidar. Eu queria vê-la, na verdade tinha urgência de encontrar-me com ela. Chegava a doer fisicamente. Para minha felicidade, recebi uma mensagem dizendo que ela também queria muito me encontrar, mas tinha que entregar trabalhos, estudar para provas, sem esquecer as preocupações com o pai. Carinhas tristes. Começava a me acostumar que uma garota como Maria não era extraterrestre. Tinha problemas e precisava se esforçar como todo mundo. Meus olhos de garoto apaixonado é que a colocavam em um pedestal. Marcamos um encontro na sexta. Comemorei. Seria nosso primeiro

***David Bowie* (*08/01/1947 – 10/10/2016*):** *artista inglês de muitos talentos, com uma carreira musical exuberante que influenciou todo o mundo pop. Era chamado "Camaleão", pela sua capacidade de inventar personagens e assumir a nova personalidade.*

Ziggy Stardust: *Personagem criada por Bowie em 1972 para o 5º álbum do compositor inglês. Chocou seus fãs e sua banda (Spiders From Mars) ao "matar" a personagem ao final da turnê e começar uma carreira solo.*

encontro planejado em que eu assumiria oficialmente o cargo de primeira dama, digo, namorado. Acho que primeira dama é o mais correto, dadas as minhas condições.

Deixou uma dica final: assim que eu terminasse de estudar, que fosse para a pilha de discos e pegasse um vinil de um cara chamado David Bowie. O disco era "The Rise and Fall of Ziggy Stardust and the Spiders From Mars". Brinquei, perguntando se aquilo não era um filme B de ficção científica dos anos 1970 sobre aranhas gigantes vindas de Marte. Ela respondeu que era quase isso, só que em forma de música, e eu ia adorar.

Uma ficção científica em forma de disco? No mínimo, interessante.

Recebi mãos fazendo chifrinhos, ícones de beijos, discos voadores e um "ouça, que depois a gente conversa".

Duas horas maçantes depois, consegui me livrar de álgebra, gramática e língua inglesa. Rolei minha cadeira até a pilha de discos. Uma eletricidade encheu o ar. Eu vinha tendo uma sensação esquisita nas minhas muitas visitas aos discos do meu pai. Eu devia colocar uma placa: "Canto do papai" e faixas de segurança daquelas amarelas e pretas em volta, para demarcar o local. Sem dúvida, o "canto do papai" era o lugar da casa que o representava. Talvez fosse sua forte marca pessoal que deixava a sensação eletrostática que eu sentia. Encostava suavemente uma mão na pilha de discos e a outra no violão, com medo de levar um choque repentino e cair duro. Nada acontecia. Apenas eletricidade correndo, os cabelos chegavam a levantar na nuca. Procurei a ascensão e queda do tal "Ziggy" e a capa do disco foi a maior decepção. O encarte era caprichado, mas não tinha nada de ficção científica. Era a foto de um cara loiro vestindo um macacão azul e com uma guitarra pendurada, fazendo pose em uma rua deserta, do que eu adivinhei ser Londres, pelos tijolos aparentes e o céu cinzento. Havia uma placa, onde lia-se K. West, sobre a cabeça do rapaz. Mais tarde, descobri que K. West era uma loja de vendedores de peles de animal. A placa não existe mais. Isso deve fazer sentido pra alguém, não fez pra mim. Na contracapa, o mesmo rapaz loiro fotografado dentro de uma dessas cabines de telefone vermelhas, que me deu a certeza de ser Londres. Nada de naves espaciais, robôs, aranhas gigantes, monstros alienígenas ou outras baboseiras que eu imaginei quando ouvi o nome do disco. Coloquei a bolacha pra girar e a agulha na primeira canção.

O disco começa com uma batida um tanto marcial, "Five Years" e sua mensagem apocalíptica. Hipnótica e panfletária. Uma canção dramática, acentuada pelo martelar do piano e as cordas bem arranjadas, onde a Terra só tem mais "five years" de existência. A música termina como no começo, só ritmo marcial, o que contrasta com a música seguinte. Uma batida mais soul e ritmada traz nova esperança à humanidade. Dá pra sentir isso sem nem mesmo entender a letra. Senti-me como um inseto brincando perigosamente nas teias das aranhas de Marte quando começou "Moonage Daydream": finalmente entramos no clima espacial psicodélico. Jogos eletrônicos dos anos setenta, uma música bem no clima "Space Invaders". Os "Guardiões da Galáxia" me salvando de novo. Essa eu já conhecia e gostava desde que a ouvira na trilha sonora do filme e adorava as muitas guitarras com delays e efeitos. Então vem "Starman". A descoberta de algumas músicas e sua primeira audição traz uma emoção difícil de explicar e mais difícil ainda de ser reproduzida.

O homem das estrelas começa com acordes e vocais desajustados. Parece que a música não segue uma afinação padrão de voz e violão. Dura pouco, tudo se encaixa quando entra a bateria. A agulha segue sobre os sulcos mágicos, andando sobre os passos do rockstar alienígena e suas aranhas marcianas. Como num filme, vou sentindo o clima crescer com "Star", "Hang Onto Yourself" e o ápice em "Ziggy Stardust", um rockstar intergalático que quer salvar a humanidade tocando guitarra. E que riff de guitarra! Nasceu clássico. Bowie cria o clima para completar sua obra com um suicídio acústico final que vai crescendo até virar uma morte estrondosa.

O alienígena esteve pouco mais de um ano na Terra. Aparece em fevereiro de 1972 e é assassinado em frente a milhares de pessoas pelo seu criador em julho de 1973. Não consigo imaginar como seria para alguém como meu pai ouvir esse disco pela primeira vez.

Depois que o lado B terminou, segui a rotina de sempre. Ouvir algumas músicas de novo e ficar pensando na vida ao lado do toca-discos, lembrando meu pai e tentando descortinar sua alma. Essas músicas diziam muito sobre ele e eu queria apreender um pouco, absorver os sentimentos. Mais saudades e alguns remorsos que espantei, recordando pensamentos bons do passado. Eu estava aprendendo rápido.

FAIXA 7 Desencontro

A sexta-feira demorou uma eternidade para chegar. Lógico, com o idiota aqui contando as horas, os minutos pareciam infinitos. Meu encontro com Maria seria em casa mesmo. Eu não tinha nenhuma condição de sair por aí sem a ajuda da minha mãe. A cadeira era um problema superável, mas a perna esticada com gesso e muitos ferros me impediam de ir a qualquer lugar sem o risco de estragar o bom trabalho que os médicos vinham fazendo. A noite seria simples. Uma pizza, filmes de terror e uns discos velhos. Minha mãe iria visitar uma amiga e voltaria tarde, me dando uma folga para ficar a sós com Maria. Ela entendia o quão importante esse encontro era pra mim.

E realmente minha expectativa era alta. Eu esperava mais que um encontro, esperava beijos e, quem sabe, algumas carícias mais íntimas. Vinha sonhando acordado com Maria num sentido bíblico, se é que vocês me entendem. Um adolescente normal cheio de desejos e medos. Desejo pela garota, pelo que ela era, por achá-la linda, pelo seu corpo, pelo seu toque. Também muito medo. Medo por estar numa cadeira de rodas, um medo gigante de eu ser pouco para ela, medo de tudo acabar sem nem ao menos começar. Uma confusão dentro da minha cabeça.

Não precisava ter sofrido antecipadamente.

O primeiro encontro foi uma catástrofe. Não, na verdade nem catástrofe foi, porque não houve encontro. Maria não apareceu.

Quando minha mãe chegou, encontrou um garoto imóvel diante da televisão desligada e uma pizza fria. Eu estava agarrado ao celular. Minha esperança era que ela ligasse ou mandasse uma mensagem com uma explicação muito convincente que deixaria tudo claro. Nenhum sinal da garota, apesar das minhas inúmeras ligações e mensagens. Só caixa postal e ela nem lia o que eu escrevia. Minha mãe tirou delicadamente o aparelho da minha mão e sentou-se ao meu lado. Não precisei falar nada. Ela sabia exatamente o que tinha acontecido. Maria não apareceu e, pela decepção palpável estampada no meu rosto, minha mãe previu uma noite difícil. Tentou me consolar, dizendo que podia ter acontecido alguma coisa. Sua falta de convicção só piorava as coisas. Parecia que ela também acreditava que Maria havia simplesmente desistido. Alguém desistir do seu filho doía tanto nela quanto em mim. Abraçou-me e ficamos assim por um tempo. Pegou um pedaço de pizza fria, ligou a TV e ficamos os dois juntos, comendo e derretendo o cérebro com programas horríveis de reformas de casa e outras coisas que só servem pra gente esquecer nossa própria vida. Pegou minha mão, senti todo o seu amor. Pelo menos minha mãe não desistiria de mim. Um sentimento que era, ao mesmo tempo, confortador e desolador. O conforto vinha de você não se sentir sozinho no mundo. O desolador era a constatação inevitável do tamanho da minha fraqueza e dependência. E o que mais assustava era a certeza de que minha mãe também dependia de mim. Éramos responsáveis por cuidar um do outro e era com isso que podíamos contar, o restante do mundo que explodisse.

Esse era um eu de volta ao egoísmo infantil. Um retrocesso no meu processo de aprendizado. Naquela noite, eu não estava nem um pouco preocupado com meu crescimento pessoal, só queria afundar a cabeça em algum buraco e nunca mais sair.

FAIXA 8 Ameaças e trapaças

Dormir foi algo desnecessário. Conciliar um sono agitado e superficial junto com a madrugada era impossível e não consegui ficar muito na cama, era como se insetos passeassem por mim.

Acordei antes de minha mãe e fui preparar nosso café da manhã. Tudo me incomodava. A raiva tinha passado e ficava apenas o desgosto. Desgosto ou um gosto ruim. Como queiram. Não foi a melhor manhã da minha vida, o dia mal começava e ainda reservava muitas surpresas.

Descobri a sabotagem do ex-namorado psicótico enquanto estudava geografia política e história. Lia tentando reter o que podia, sem muito sucesso, quando recebi notícias de Maria. Era o número do celular dela, mas não era a voz que ouvi. Percebi imediatamente que alguma coisa não estava certa. Apenas um risinho cínico de alguém me perguntando como fora meu encontro romântico e minha noite solitária. Não precisava ser nenhum gênio para saber quem me sacaneava. O maldito psicopata e ex-namorado havia aprontado alguma e estava com o celular de Maria. Ele queria que eu adivinhasse onde a "nossa queridinha" tinha passado a noite. Tentei não cair na cilada. Era uma óbvia armadilha que minha cabeça não notou imediatamente nem com a clareza necessária para o momento. De novo, meus próprios pensamentos me sabotando.

Fiquei mudo, só ouvindo o que o idiota tinha para falar, tentando não esboçar uma reação errada. Ele esperava, com um cinismo desmedido, que eu tivesse passado uma noite agradável e acordado com ótimo astral, pensando no que podia ter acontecido. Preocupado com ela e ao mesmo tempo culpado por ser o otário fracassado que eu nunca deixaria de ser. Como ele sabia que eu tinha passado a noite do jeito que ele descrevera? A resposta era simples e não precisa ser nenhum Sherlock Holmes para adivinhar o meu estado deprimente. Ele sabia que eu ficaria muito desapontado e divertiu-se bastante às minhas custas. Seu conselho de "amigo" era para eu desistir e esquecer a garota, porque Maria não iria fazer bem para minha saúde. Eu devia aproveitar e sair dessa enquanto ainda tinha pelo menos uma perna. Perguntei se aquilo era uma ameaça e ele riu mais alto e desligou. Nos filmes, as pessoas sempre tinham frases espirituosas para dizer nessas ocasiões. Eu não conseguia falar nada. Um branco total. Só pensei em respostas desagradáveis, à altura do desafeto, depois que ele desligou.

Ainda estava tremendo de raiva quando o celular tocou de novo, agora de um número desconhecido. Minha chance. Falei tudo que estava entalado na garganta sem olhar o número. Estava uma fera. Só que dessa vez era Maria. Emudeci outra vez. Eu não conseguia entender direito o que a garota me dizia. Maria tentava manter a calma do outro lado da linha, mas eu notava seu nervosismo no jeito que ela falava cada frase bem pausadamente, se acalmando com a respiração regular. O desafeto tinha entrado na sua casa e roubado seu celular, ele tinha deixado um bilhete. Isso não a impediria de vir, mas quando o pai chegou e descobriu a situação, levou-a imediatamente para a delegacia onde passaram boa parte da noite prestando queixa de invasão e roubo. O pai ligou para um advogado e ia fazer o ex-namorado ficar longe da sua filha. Ela disse que estranhou quando viu o pai sinceramente preocupado com a situação. Um calafrio correu pelo meu pescoço. Esse cara estava passando dos limites. Ela falou que logo passaria na minha casa. Tinha uma coisa pra esclarecer e resolver comigo. Toda essa confusão só aumentou sua certeza de algumas coisas. Eu era pura ansiedade. Esclarecer o quê? E certezas do quê? Felizmente, não precisei esperar muito para saber.

FAIXA 9 Transbordar, um disco romântico e remédio sexual

Maria apareceu no meio da tarde. Eu não esperava achar uma garota tão espantosamente linda. Eu ainda estava um poço de raiva, frustração, mágoa e essas coisinhas gostosas de sentir. Não era admissível olhar para ela e, de primeira, sem nenhuma reparação, achar ela a garota mais bonita do mundo, mas era o que achava. A garota mais linda do mundo.

Acreditava que ela estaria no mesmo estado que eu ou pelo menos um pouco abatida. Nada disso, Maria estava radiante. Havia um contraste maior que o normal entre a palidez do rosto e seus olhos e cabelos negros, que estavam ainda mais negros, ou ela estava mais pálida que de costume, eu não saberia dizer. Acho que ambas as alternativas estavam corretas. Seu semblante vinha carregado de algo que eu, com minha pouca experiência de vida, não conseguia identificar. Agora, anos depois e pensando com mais calma, posso afirmar que ela estava carregada de uma energia gerada por muitos sentimentos misturados. Havia raiva, sim, mas também havia desejo. Ela estava confusa, lutando contra seus medos, e ao mesmo tempo parecia confiante. A palavra que melhor descreveria a Maria que estava na minha porta é "resoluta". Uma garota tão farta de si mesma que transbordava força e beleza. Veio direto em minha direção, me deu um beijo na boca, perguntou se minha mãe não estava em casa e se ia demorar para chegar. Só balancei a cabeça afirmativamente para as duas questões. Não tinha palavras contra aquele furacão em que Maria se transformou. Não disse mais nada. Nenhuma explicação. Foi até o aparelho de som de meu pai, pegou um disco e colocou no prato giratório. Virou minha cadeira para ela e começou a dançar e tirar a roupa devagar. Esse sortudo aqui continuava mudo como uma porta. Não conseguia acreditar na minha felicidade.

Não preciso dar detalhes da minha intimidade com Maria, o que posso garantir é que foi um dos melhores momentos da minha, até então, curta vida. Uma tarde inesquecível. O vinil "Let's Get It On", do Marvin Gaye, até hoje me enche de uma emoção irracional e inexplicável. O disco tocou várias vezes e foi a trilha sonora especial da primeira noite de um homem, que na verdade foi uma tarde, como naquele filme velho com o Dustin Hoffman. Uma mulher poderosa e confiante com um garoto tolo. Maria, apesar da pouca idade, era muito mais experiente e consciente da sua

***Marvin Gaye* (02/04/1939 – 01/04/1984):** *um músico de muitos recursos vocais, tocava vários instrumentos, arranjava, compunha. Um dos maiores astros da gravadora americana de Soul Music Motown. Morreu prematuramente, em 1984, assassinado pelo próprio pai.*

sexualidade que eu. Com paciência e entusiasmo, conseguiu diminuir a diferença entre nós. Teria sido um momento constrangedor, se não fosse o amor de Maria.

Mesmo hoje não consigo ouvir "Let's Get It On" sem ter vontade de dançar ou beijar a garota mais próxima. Sem dúvida, é o disco mais sexual que eu conheço.

Quando passamos pela urgência que me afligia, tudo foi se encaixando. Mesmo minha perna não interferiu. Maria sabia o que queria fazer e achou jeitos de se satisfazer. Depois ela ficou sentada no meu colo sobre a cadeira de rodas. Sem falar nada, só passando os dedos, delicadamente, pelos ferros da minha perna quebrada. A verdade é que eu não queria que ela saísse do meu colo nunca e se para isso eu tinha que ficar na cadeira de rodas, tudo bem, eu ficaria ali de bom grado o resto da vida. Pelo menos era o que eu pensava naquele momento, e o fantástico Marvin Gaye é a única testemunha desses pensamentos confusos.

Com os dois empoleirados como dava na cadeira de rodas, ela me contou que estava preocupada com o ex-namorado. Ele não parecia estar num estado normal. Não falei nada, apenas concordei, não queria que ela soubesse que eu estava com medo, e alguma coisa me dizia que ela havia acusado o golpe também. Maria podia sentir medo e aquilo era uma novidade ruim. Achei que a garota poderia lidar com qualquer situação. Uma espécie de heroína dos quadrinhos. Era uma pessoa de carne e osso como eu. Com seus medos e suas limitações. Na época, eu não enxergava a situação com olhos imparciais. Era todo primeiro amor e isso a transformava em alguém muito maior. Divinizar o outro é o primeiro passo pra fazer tolices sem limites, mas era assim que eu me sentia, mais apaixonado que o mais tolo dos homens.

Ela arrematou me pedindo pra tomar cuidado com o atormentado ex. Parecia que, aos poucos, ele ia perdendo os limites e as rédeas do que era civilizado ou até mesmo dentro da lei. Espantei os pensamentos sombrios.

Maria foi embora quando a noite começava, não queria encontrar minha mãe e encarar o olhar da outra mulher que iria adivinhar na hora o que aconteceu. As mulheres são tão mais sábias em tantas questões que me dão medo.

FAIXA 10 O lado negro

Minha mãe chegou com sacolas de comida japonesa e Cocas para animar seu pobre filho, que esperava encontrar em situação lastimável. E a minha situação era realmente lastimável, no bom sentido. Encontrou um rapaz perdidamente apaixonado, irremediavelmente apaixonado, de olhos brilhantes e morto de fome.

Interrogou-me de todos os modos. Como era possível deixar um rapaz à beira da morte de manhã e encontrá-lo, poucas horas depois, mais iluminado e colorido que uma borboleta?

A analogia estava muito mais correta do que ela poderia imaginar. Eu era uma lagarta feiosa de manhã e me transformei nessa borboleta boboca e romântica em poucas horas. Notei um brilho estranho nos seus olhos e um sorriso mais estranho ainda. Nunca imaginei que minha mãe pudesse ter pensamentos libidinosos. Ela era minha mãe! Mães não deveriam agir assim. Presenciei um sorriso malicioso. Deu-me um beijo estalado no rosto, farejou em minha volta, sentiu o perfume de Maria em mim e sorriu ainda mais, como quem comprova um teorema complexo. Não falou nada, agradeci silenciosamente por isso, ia ser constrangedor. Abriu o pacote de comida e as Cocas, pegou copos e fomos comer na sala, vendo TV. Fiquei com a impressão vergonhosa de que minha mãe sabia de tudo e um pouco mais. Queria ir pro meu quarto correndo, isto é, rodando as rodas quentes da minha possante cadeira. Correr para o meu quarto seria como assinar uma confissão de tudo o que ela pensava, e eu não queria saber o que minha mãe pensava. Um terreno muito perigoso para qualquer homem.

Mesmo aguentando o quanto pude, ainda fui dormir antes dela. Ganhei outro beijo e um travesso "tenha bons sonhos" bastante significativo. Definitivamente, minha mãe parecia se divertir muito com o meu constrangimento sem fim. Será que eu estava dando tanto na vista assim? Claro que sim, e não me preocupava nem um pouco. Minha vontade era gritar pra todo mundo o que estava acontecendo comigo. A triste verdade é que, nesse momento, eu não tinha um único amigo com quem pudesse repartir minha história. No período entre hospitais e convalescência, consegui afastar todos. Todos mesmo, não era uma figura de linguagem. O máximo que cheguei de contar pra alguém até agora foi para minha mãe. Ela só ficou na desconfiança amistosa. E eu não iria confessar nada pra ela. Não fazia nenhum sentido um garoto falar dessas coisas com sua mãe, mesmo sendo ela a única pessoa que entenderia o que eu estava sentindo. Hoje, sinto pena desse meu eu rabugento e retraído. Teria sido ótimo ter conversado com ela e contado tudo. Talvez tivesse evitado o que aconteceu comigo naquela mesma noite.

Sendo um grande apreciador do terror, eu devia ter previsto o que me esperava. Uma regra dos filmes de terror B: toda vez que alguém esta feliz depois de transar, morre inapelavelmente. Ligar sexo à morte é bastante comum nesse tipo de filme. Podia ser o vampiro mordendo um pescoço e sugando a vida da donzela ou o monstro que se apaixona pela linda garota que acaba morta por algum engano brutal ou o casal de adolescentes que está numa cabana solitária para ter um final de semana romântico e é retalhado por um lunático com um machado ou uma serra elétrica. Enfim, exemplos não faltam. Eu devia estar preparado e a Presença me envolvendo não causaria nenhum espanto. Meu subconsciente veio à tona sem sutileza nenhuma e, mesmo assim, me pegou completamente desprevenido; a paralisia do sono voltava com força total. O velho tubarão dando voltas em torno da minha cama no meio do oceano do pesadelo. Sei que divago nessas metáforas, mas acontece que não encontro outro jeito de explicar o que eu sentia. Imagine aquele esquife onde Ismael se aloja para se salvar do naufrágio causado pela baleia Moby Dick, fruto de eventos que aconteceram e da mente criativa de um lobo do mar chamado Melville. Apesar de, racionalmente, saber que estava deitado confortavelmente em minha cama, a sensação era de que eu estava acomodado dentro de um caixão em alto-mar, sem poder me mexer e, ao invés da baleia branca, estava cercado por um tubarão imenso e faminto. Os sonhos ruins sempre começavam assim. A Presença se aproximava e a paralisia me atingia.

Herman Melville: *escritor americano que viu seu relativo sucesso se acabar e morrer esquecido. Sua obra só foi realmente reconhecida décadas depois e Moby Dick se tornou um clássico da literatura norte-americana.*

Minha luta contra aquela coisa abominável na minha cabeça não tinha fim. Preparei-me para a batalha como podia. Nunca sabia exatamente de onde viria o ataque mental; só restava me controlar, começando com a respiração e os batimentos cardíacos, colocar os nervos no lugar e encaixotar o medo numa parte remota do cérebro. Mesmo dormindo, eu tinha aprendido como fazer. O problema é que não era nada fácil, os pesadelos me deixavam num desespero que beirava um ataque cardíaco, como uma crise de pânico ou ansiedade muito forte. Precisava me aquietar para tomar decisões corretas dentro da cabeça, evitando que o pânico me levasse para cada vez mais perto do cheiro adocicado e podre da morte.

Agora que a Presença tinha minha atenção total, me agarrou pelo estômago e me levou para sua viagem onírica de pesadelos passados e presentes. No início, era silêncio, uma escuridão úmida me envolveu como um útero. Fui tomado por uma sensação de conforto ouvindo as batidas de um coração. No início, era um som baixo que aumentava paulatinamente, cercado de conversas sem sentido, barulhos, risadas loucas, gritos, um contraste com o conforto de segundos atrás. Queria me desorientar. Conseguiu, com certa facilidade. Era impossível controlar as minhas próprias batidas do coração com aquele som crescente, aumentando de intensidade e velocidade. Entrei em descompasso junto com a loucura. A Presença na minha cabeça se preparava para mandar as imagens e me colocar dentro do horror. Ela tinha vantagens estratégicas. A surpresa era uma delas e, de cara, conseguiu me deixar aflito, a respiração saiu do ritmo e o pânico começou junto com o pesadelo propriamente dito. Guitarras bonitas trinavam melancolicamente, me afundando em depressão. Eu mandava comandos para respirar, porém nada fazia sentido. Eu andava pelo sonho como um mendigo que havia perdido a sanidade e não tinha noção de onde estava. Corria e não chegava a lugar nenhum. Desespero e a música alta ajudavam a me desorientar; corria através de becos, alguma coisa me perseguia e queria minha mente. A Presença se transportava para todos os lados atrás de mim. Aquele ponto no sonho que era mais escuro que os outros se mexendo em contorções nojentas. Eu fugia completamente desnorteado, no nada, helicópteros e aviões supersônicos pareciam estourar meus tímpanos.

Tudo parou. Dois segundos de silêncio antes que relógios irritantes de todos os tipos soassem ensurdecedores dentro do sonho, me despertando para o pesadelo. Mesmo depois de todos os toques cessarem, o tique-taque monótono de um metrônomo continuou e me levou de volta à rua onde meu pai fora atropelado. Presenciei o acidente repetidas vezes, como quem passa a mesma cena de um filme até a exaustão. Uma pequena diferença no atropelamento machucava meu coração. Meu pai, no último momento antes de sofrer o choque, olhava para mim ,suplicando ajuda. Não dava tempo de fazer nada. Mesmo tendo duas pernas boas e sabendo o que ia acontecer, eu estava preso e não tinha poderes para intervir. Meus pés permaneciam colados no chão, inapelavelmente. A trilha sonora acompanhava tudo. E era uma trilha que eu já tinha ouvido em algum outro momento da minha vida. A música era uma conhecida do meu subconsciente. A Presença tentava me vencer dentro do meu próprio jogo. Ia usar a música contra mim. O medo estava tomando conta de cada porção da minha cabeça e eu tinha que lutar pra que ele não me dominasse completamente. Se isso acontecesse, seria o fim.

Já sabia que quando a Presença me dava pernas era para caminhar, então caminhei. Atravessei a rua do acidente e saí dela, inexplicavelmente, como são os sonhos, caindo na praia onde passei minha infância. Meu pai se afogava tentando salvar um João pequeno, sendo levado por um grande tubarão, como em outro sonho. Revi todo o afogamento várias vezes, com gritos desesperados que pareciam saídos do ar. Fiquei cara a cara com o olhar acusador da minha mãe. Apontava para mim e dizia coisas terríveis que eu não conseguia ouvir, a voz era abafada pelos gritos da trilha sonora insana. Não consegui ficar olhando para minha mãe. Saí correndo como um covarde pela praia até não aguentar mais e cair de joelhos, chorando e pedindo perdão.

O barulho mecânico de caixa registradora antiga me fez levantar os olhos para um palco enorme. À frente do palco e da banda, estava meu pai, tocando uma música que falava das alegrias e agruras de se ter grana. A barulhenta caixa registradora fazia uma percussão doida, ritmando a música. Milhares de pessoas me cercaram e assistiam ao show como se tivessem brotado do chão. Em um momento, eu estava sozinho; no seguinte, não conseguia contar a quantidade de gente à minha volta. No painel de LED ao fundo do palco, piscavam frases:

OLHA O QUE VOCÊ ME TIROU
VEJA O QUE EU PODIA TER SIDO
VOCÊ ME MATOU

Quando a banda acabou de tocar, todos olhavam para mim como um criminoso. Não sei como toda aquela gente soube da minha tragédia pessoal. A expressão de ódio das pessoas me fez fugir novamente, correndo para outro lugar, mesmo sabendo que não teria para onde ir. Fugir daquelas pessoas que tinham uma fúria homicida no olhar era prioridade na minha cabeça. Corri até as pernas afundarem na areia, cada vez mais macia e movediça. Lutava para me mover e acabei vencido pelo cansaço. Parei para respirar. Fechei os olhos por um momento e, quando voltei abri-los, não reconheci imediatamente onde estava. O som de um teclado fazendo a cama para o dedilhado de guitarra me trouxe a lembrança. Era o estúdio de gravação. Estava dentro da sala de gravação e meu pai tocava na técnica. No meio da sala, a minha velha conhecida: uma forca feita de cabos e conectores enrolados e uma cadeira logo abaixo, um explícito pedido para o suicídio. Um cone de luz saindo do teto circundava a cadeira e dava ares de pequeno palco para um show intimista: minha morte se transformaria em um espetáculo fabuloso. Pelo menos era isso que o meu eu perverso queria que eu pensasse. Um breve instante de dor poderia acabar com todo o ressentimento, era só subir na cadeira e pular e todas as lembranças dolorosas me abandonariam. A Presença fazia tudo parecer simples e bom. Hesitei e ouvi a música com mais clareza. Eu conhecia. Já tinha ouvido muitas vezes, na minha primeira infância.

A Presença queria acabar com meu único recurso para sobreviver, a lembrança das músicas que meu pai amava, e ali estava um disco que ele adorava, eu tinha certeza. Talvez mais que todos. Como eu não tinha percebido isso antes? Talvez, por ele gostar tanto, eu tinha apagado da memória, num dos conflitos de gerações que enfrentamos. As contradições do meu raciocínio eram evidentes e minha conclusão foi a mais idiota. Era só mais um motivo para eu acabar com tudo.

Subi com cuidado na cadeira e observei a forca feita de cabos. Toquei os cabos delicadamente, como quem tem medo de se espetar em um espinho invisível. O que era um espinho perto do que eu estava prestes a fazer? Eu era um lunático esperando a fatalidade. Uma cena teatral de um lunático. Foi o pensamento mais insano que me trouxe de volta à luz. Foi o lado escuro da lua que me trouxe de volta. Tinha alguém dentro da minha cabeça que não era eu, dizia a música, e isso fez todo o sentido. A guitarra berrou de alegria. Puxei o amontoado de cabos, que era a morte em forma de forca, esparramando pelo estúdio uma serpente morta que não poderia me amedrontar nunca mais. Com a cadeira, estilhacei o vidro que me separava de meu pai. Ele sorriu para mim. O vidro estilhaçado destruiu o pesadelo, que também se quebrou em milhares de pequenos pedaços confusos, me mandando de volta para a escuridão e o sono profundo.

Acordei sem sentir nenhum vestígio da Presença. Estava molhado de suor, porém tinha vencido. Foi a primeira vez que venci a mim mesmo e o gosto era de ferrugem, como se eu tivesse machucado a gengiva e engolido sangue. O gosto de uma vitória sofrida e dolorida.

Com o passar dos anos, travei outras batalhas contra mim, na luta do autoconhecimento e contra uma depressão que teimava em enfiar suas garras frias em minha mente. Todas foram lutas sangrentas e até aqui me saí bem, mas o futuro é imprevisível e tenho que me manter alerta.

Voltemos. Não é do futuro que estamos tratando aqui, e sim do passado. Voltemos à parte da minha vida em que andei entre mundos tão estranhos. Contar essa história me ajudou muito a compreender um pouco quem eu sou hoje.

Amanheci com uma vontade louca de viver, de voltar a andar, de abraçar minha mãe e beijar Maria. Retomei as rédeas da minha vida. Nada mais de sabotagens mentais, pelo menos por enquanto.

FAIXA 11 Eclipse, um prisma e as cores do arco-íris

Tomei café da manhã e perguntei para minha mãe qual era o disco estranho que meu pai ouvia quando eu era bem pequeno. Ela pensou por um tempo. Foi até a pilha de vinis. Separou alguns. Uma pequena coleção de uma banda com nome grotesco: Pink Floyd.

Pink Floyd: *banda londrina de rock formada em 1965, mas que alcançou sucesso mundial no começo da década de 1970. Mantiveram atividades até 2014. Psicodelia e experimentações artísticas foram sua marca e o álbum "The Dark Side Of The Moon" é o oitavo disco de estúdio da banda, lançado com grande sucesso em 1973 e até hoje considerado uma obra-prima.*

Uma breve pesquisa me mostrou que não era o disco de um tal Floyd Rosado, e sim a junção dos nomes de dois antigos músicos de blues, Pink Anderrson e Floyd Concil.

Espalhei os discos para tentar descobrir qual era a trilha sonora do meu sonho e não precisei pensar muito pra achar. Não era o da vaca, nem aquele rosa estranho, nem o muro feio. Era mais um maldito disco sem nem o nome da banda na capa, pensei comigo mesmo, vendo o prisma transformar a luz branca em arco-íris no fundo completamente preto. Ausência de luz, luz branca e a luz em sua forma mais bonita.

Só podia ser aquele. Um álbum completo como nenhum outro.

Não sei se os rapazes do Pink Floyd sabiam o que estavam fazendo, mas aquela capa dizia tudo sobre o disco que estava dentro dela. Não dá pra separar a arte visual da sonora.

"Speak to me" e "Breathe" começam o disco, uma colada na outra. Batida de coração, sintetizadores, frases aleatórias, barulhos mixados resumindo o que viria a seguir. Respirar me parece difícil com aquela música claustrofóbica. O coelho tem que cavar e depois de fazer a toca tem que cavar mais. O trabalho nunca termina. A Presença sabia o que estava fazendo. E depois me colocou pra correr com "On The Run". Sintetizadores que soam como animais atrás de você. Numa pesquisa, descobri o porquê de tratar do subconsciente e da loucura. O primeiro guitarrista e líder da banda, Syd Barret, é afastado por complicações na cabeça. Dizem que sua doença mental foi agravada pelo uso intenso de drogas lisérgicas. Seja como for, isso abateu o grupo, que se reinventa nesse álbum e conquista um novo patamar na música.

Eles gravaram "Wish You Were Here" em outro disco, música que até um idiota como eu conhece, como um tributo ao amigo.

"Time" talvez seja a canção que mais mexa comigo. Começa com milhares de relógios despertando como trinados de muitos e variados pássaros mecânicos, ao mesmo tempo; quando param, vem o irritante martelar de um metrônomo marcando o tempo. Tratam do tempo perdido. De tudo o que ficou para trás por sua única e exclusiva culpa. Tudo nela é urgência de voltar para casa e se esconder do mundo lá fora. Uma música terrível e realista.

O gigante no céu grita na próxima música, mas é em "Money" que vemos toda a energia criativa da banda. Um riff de baixo que se tornou um clássico. Como é bom ter grana. Lembrei-me de meu pai no pesadelo, cantando essa canção e me acusando de ter tirado tudo dele. Como eu fui tolo em acreditar que ele me falaria alguma coisa assim. Meu pai deu sua vida por amor, e não por mesquinharias. "Us and Them", uma canção sobre a guerra, tema que Roger Waters vai retomar muitas vezes depois. O final do disco é um elogio à loucura. Em "Brain Damage", aparece a frase pela qual o disco será conhecido: "The Dark Side Of The Moon". Fecha tudo com um monumental "Eclipse", música gigantesca, não no tamanho, mas no arranjo grandioso. Um álbum para se ouvir e descobrir, a cada audição, coisas novas. Meu pai tinha razão em gostar tanto dessas músicas, são alucinadas e maravilhosas.

Escrevi para Maria contando um pouco daquela experiência louca. Um pretexto para tentar marcar alguma coisa e vê-la de novo. Respondeu-me que o disco era um clássico com "C" maiúsculo. Estava com muitas saudades, mas tinha algumas coisas pra resolver, provas e trabalhos, além de uma nova briga com o pai por conta da intensa vigilância que ele impunha. Não podia culpá-lo. Depois do caso do celular, era bom ficar de olho na garota enquanto não saísse a determinação do juiz para que o Babaca ficasse afastado de Maria legalmente. Até lá, não dava para prever o que o psicótico ex-namorado podia aprontar. Resignei-me a esperar.

FAIXA 12 Filosofias baratas

Experimentar o amor com Maria foi como uma droga potente. Eu queria mais e sempre. E é claro que não teria tudo por que meus hormônios adolescentes imploravam desesperadamente. Nenhum adolescente tem tudo o que deseja e, se tem, pode causar estragos. Muitas coisas estavam atrapalhando meu romance e minha recente vida sexual, nem todas ruins. Estávamos atarefados com as várias provas de final de ano que nos ocupavam quase integralmente. Ela na escola e eu nos meus estudos em casa. Maria tinha o agravante da vigilância permanente que seu pai adotou desde o episódio da invasão da casa e do roubo do celular. Tirando essas coisas, a boa notícia era que o médico havia marcado a data para a cirurgia de retirada dos ferros que prendiam os pinos da minha perna. Muito em breve eu poderia sair da maldita cadeira de rodas e andar por aí com mais facilidade. Claro que com muletas e muito cuidado. Um avanço considerável.

Minha mãe estava exultante com a notícia. Eu poderia voltar para a escola no próximo ano, acabar o curso secundário e pensar na faculdade. Como não me sobravam muitas alternativas fora dos estudos, eu vinha me dedicando e minhas chances de entrar em uma boa universidade eram grandes. Maria atrapalhou um bocado a programação dos estudos e meu interesse, só que melhorou muito minha autoestima e, principalmente, minha cabeça maluca. Isso se refletia num aprendizado mais fácil e num cara mais relaxado na hora de fazer as provas. Só precisava tomar cuidado para não sair do relaxado para o avoado sem concentração.

Fomos para o hospital com minha mãe tagarelando feito uma louca. Ela estava visivelmente feliz com as perspectivas de minha vida. Depois dos exames e com a cirurgia marcada para a semana seguinte, mandei mensagens para Maria contando as novidades. Ela ficou feliz e disse que queria se aproveitar da cadeira de rodas pelo menos mais uma vez. Não preciso dizer o quanto fiquei excitado com aquela mensagem picante. Olhei para minha mãe vermelho como um pimentão. Ganhei outro sorriso safado, mas sem comentários constrangedores na frente da enfermeira. Suspirei, aliviado.

A semana demorou uma eternidade. Primeiro, por conta da data da operação. Mesmo tendo sido submetido a várias intervenções anteriores, não conseguia evitar o medo que causava tomar anestesia e ir para o mundo dos mortos-vivos. Junto com esse, vinha o medo de um erro médico que podia me deixar aleijado pra sempre. O segundo motivo para o relógio não andar era que havia marcado um encontro com Maria para sexta e faltavam três dias para isso. A falta que eu sentia de Maria doía mais que a perna. As dores no osso eram antigas companheiras e eu estava acostumado; essa saudade da garota era uma completa novidade. O tempo é uma questão muito relativa mesmo.

A semana de Maria transcorreu sem novidades. Ela estudava, brigava com o pai e não tivemos notícias do psicopata. Eu estava exultante, não tinha mais pesadelos, a vontade de acabar com minha vida havia passado, ia sair da cadeira de rodas e tinha feito sexo pela primeira vez. Se há seis meses me contassem o futuro e dissessem que eu estaria feliz, juro que daria gargalhadas e depois ficaria muito bravo com a piada de mau gosto. Definitivamente, eu não era mais aquele cara de meses atrás. Não é isso que é viver? Hoje também não sou aquele cara da cadeira de rodas. A gente vai dando os passos, hora pra frente, hora pro lado e algumas vezes, infelizmente, pra trás.

Chega de filosofia. Demorou, mas a sexta chegou e foi melhor que da primeira vez. Tínhamos menos urgência e pudemos explorar as possibilidades, mesmo com o enorme empecilho da cadeira de rodas e minha perna desajeitada. Maria sempre dava um jeito criativo de resolver esses problemas. Vão ficar na curiosidade de novo, não vou expor minhas intimidades aqui. Fica por conta da imaginação de cada um. Novamente, minha mãe foi muito compreensiva e marcou não sei o que com não sei quem pra me dar privacidade. Ela sabia o bem que aquela garota estava me fazendo e, apesar da pontada de ciúme e dos sentimentos maternais de posse, queria me ver feliz.

FAIXA 13

Layla, guitarras e um triângulo amoroso

Nosso amor foi ao som da banda Derek and the Dominos, disco escolhido com muito cuidado por Maria. Eram as músicas de amor mais bonitas e tristes que ela conhecia, junto com blues e rocks bacanas. Vocês não imaginam como eu fiquei ao ouvir Maria falar de amor pela primeira vez, e também era a primeira vez que ouvia devidamente um blues, duas coisas que me tocaram intensamente.

Derek and the Dominos: *banda de blues e rock formada em 1970 por Eric Clapton, que durou apenas 1 ano.*

Nunca passou pela minha cabeça que ela me falaria de amor. Eu estava perdidamente apaixonado, porém sentia Maria reticente. Talvez sua maior experiência a deixasse um pouco mais dura e seletiva quanto a envolvimentos, calejada nesse lance de amor adolescente que parece muito com uma doença. Fulminante e doloroso ao mesmo tempo. O certo é que eu a amava e ela estava apenas gostando muito de mim. Seria um processo lento e difícil fazê-la me amar e, naquele momento, eu realmente achava que poderia acontecer. Por enquanto, o "gostando muito de mim" era suficiente. Pensaria no futuro quando o futuro chegasse.

Depois de nos apaziguarmos, Maria colocou o disco de novo e sentou no meu colo com cuidado pra não me machucar. Durante o sexo, ela acabava esbarrando nos ferros. Era um misto de dor e prazer quase insuportável. Diferente de mim, Maria sentiria um pouco de saudades da cadeira de rodas. Sentiria falta dessa intimidade masoquista que nos unia.

Enquanto o disco tocava na vitrola, Maria me contou a história de um famoso triângulo amoroso do rock. Havia uma modelo chamada Pattie, que se apaixona e casa-se com o George Harrison, guitarrista dos Beatles. Nessa fase, eu já tinha um certo conhecimento sobre os quatro de Liverpool. Um dos melhores amigos de George, outro guitarrista chamado Eric Clapton se apaixona perdidamente por Pattie e, quando é rejeitado, vai ao inferno pra tentar esquecer a mulher, não consegue e se entrega às drogas.

Resumindo: Pattie inspira George a fazer "Something", talvez a mais bela canção de amor que o rock produziu, enquanto Clapton faz "Layla", uma música de amor visceral. Maria se perguntava: o que aquela mulher tinha para inspirar esses homens tanto assim?

Houve um momento em que os dois pegaram suas guitarras, como duelistas do passado, e tocaram durante horas. Tocaram pelo amor de uma mulher? Tocaram para se autoafirmar? Maria não sabia a reposta. O que ela podia dizer é que o Clapton tinha tudo para sair vitorioso daquele duelo, que deve ter sido impressionante. Pensei em meu pai. Seu amor pela música e pela guitarra. O que ele pensaria do seu filho agora? O cara com uma moça linda no colo ouvindo histórias de músicos e músicas fabulosas que ele tanto amou? Meus olhos marejaram e tive que fazer força para não chorar. Maria notou minha emoção. Colocou as mãos carinhosamente no meu rosto e me beijou. Não perguntou nada e agradeci profundamente por isso. Esses pensamentos por enquanto eram só meus. Ainda doíam.

"Layla" é uma canção muito especial. Desde sua poderosa mensagem de amor não correspondido quanto à sua construção. Tem um riff de guitarra antológico, refrão forte e um final que me remetia a um rio de lágrimas derramadas por amor. Maria acreditava que George amou Pattie profundamente por um tempo e que Clapton era obsessivo. Completou comentando que ela não saberia como agir se estivesse no lugar de Pattie. Segundo Maria, o hedonismo dessa gente era exagerado demais até para ela e os libertava de responsabilidades que as pessoas precisam ter umas com as outras. Eu não sabia o que era hedonismo (palavra que só vim a conhecer depois de muitos anos, e quem quiser pesquise no dicionário), fiquei com vergonha de perguntar. Achava Maria a pessoa de dezesseis anos mais sábia do mundo. Eu também não conhecia muitas outras garotas da minha idade para comparar. Será que todas elas eram assim e eu era o idiota? Na época, achei melhor não pensar nisso. Maria foi embora antes que minha mãe chegasse, eu entendia, seria um encontro difícil para as duas e para mim. Melhor deixar isso pra depois também. Aliás, eu deixei bastante coisa para pensar "depois".

FAIXA 14 Hospital e uma perna quase nova

No hospital, tudo correu bem. A cirurgia foi um sucesso, os pinos estavam firmes e minha recuperação era acima da média. Poderia começar a segunda fase da fisioterapia, que me colocaria em pé de novo imediatamente, com a ajuda das muletas. Agora não era mais gesso, e sim uma bota de espuma e plástico que mantinha os ossos no devido lugar.

O médico parecia bastante satisfeito com a operação e todos os exames. Dizia que eu tivera muita sorte e que voltaria a andar e talvez até a surfar em breve. Claro que a notícia me animou até que a lembrança de que meu pai não teve a mesma sorte chegou e turvou os bons pensamentos. Essas memórias tristes diminuíam bastante a felicidade. Minha mãe notou que eu estava soturno e temeu uma volta da depressão que me afligiu durante a convalescência. Devo dizer que ela tinha razão. Tive uma queda longa rumo à autodestruição e, com a ajuda da música, a lembrança de meu pai, meu amor por Maria e os cuidados de minha mãe, consegui sair do lado negro da minha mente e aprendi a controlar esses impulsos, muitas vezes suicidas. Foram muitos fatores que me tiraram da depressão e ainda hoje tomo muito cuidado, sei que ela me ronda como aquele tubarão esperando um pouco de sangue pra abocanhar minha alma. Acredito que estou em remissão e pretendo permanecer assim; já que penso que esse tipo de doença da cabeça não tenha cura, o que posso fazer é ficar atento e forte para os primeiros sinais e logo agir. A prevenção parece ser a única saída no meu caso, por enquanto.

Assim que tive condições de receber visita, Maria apareceu. Estava mais linda do que nunca. Levou flores e uma biografia bacana dos Rolling Stones, uma banda que a gente ainda não tinha ouvido juntos e era uma das muitas coisas que prometemos fazer assim que eu saísse do hospital. Conversamos muito e, pela primeira vez, fui completamente honesto com o que eu sentia na época. Falei da saudade do meu pai, de como a culpa ainda pesava sobre mim por estar vivo e ele não, do meu amor por ela.

Rolling Stones: *banda inglesa formada em 1962 e na ativa até hoje (2019). Considerada a banda de rock mais bem-sucedida de todos os tempos. Uma carreira longa e cheia de discos excelentes.*

A volta ao hospital, agora com boas notícias, me dava uma perspectiva mais real que, até então, eu não tinha coragem de encarar. Falei como um rio que deságua o mar, falei caudalosamente sobre a dor da perda, a culpa, o amor e, principalmente, sobre a vontade de cometer suicídio, sobre o que não tinha me aberto com ninguém. Foi um alívio imenso ter desafogado essas mágoas e dividido o enorme peso.

Não é, necessariamente, uma vida difícil que acaba em suicídio. Uma pessoa tem o impulso de tirar a própria vida de jeitos diferentes e estranhos, uma vontade que nasce e floresce como frutas venenosas em algum lugar profundo na mente ou além dela. Para mim, não foi uma coisa consciente, e hoje eu enxergo isso perfeitamente. Havia uma lógica em meus pesadelos e no meu subconsciente que me fazia crer que o suicídio era a coisa natural a se fazer. Esse pensamento, tanto na época quanto agora, é assustador. Como eu cheguei à conclusão maluca que me levou a querer dar fim à vida é um mistério para mim até hoje. Algumas vezes, quis estar morto, mas foi só durante o período após o acidente que eu desejei me matar. São duas perspectivas bem diferentes. Uma coisa é querer ser nada, não existir, se libertar das obrigações de viver, e outra é querer dar fim à própria vida. A violência com que eu tentei o suicídio irá me assombrar a vida toda. Alguns fatores externos me ajudaram a não concretizar a loucura. Minha perna quebrada me salvou umas vezes, pensar no meu pai, o verdadeiro, não aquela paródia dos pesadelos e, principalmente, a música de que ele gostava. O amor que eu sentia por Maria e por minha mãe também era uma arma poderosa. Acredito muito no biônimo música-pai como um alívio, mesmo hoje. Quando sinto a coisa desmoronando, chamo minha mãe e acabamos ouvindo os discos do velho e isso nos conforta, emociona e faz com que sintamos a presença dele.

Maria ouviu tudo em silêncio, sem me questionar ou julgar. Tinha uma sensibilidade nata, apesar de querer se passar por durona. Depois de tudo, me abraçou e vi que também estava emocionada, com um brilho de lágrima cintilando em seus olhos.

As confissões foram vias de duas mãos. Também a ouvi. Contou-me sua infância de menina atenta, presenciando as extenuantes brigas dos pais. A morte da sua mãe por uma doença rara que ela lembrava como se fosse uma desistência da vida. Nunca conseguiu perdoar o pai e agora enfrentava uma vigilância tardia. Como se ele reconhecesse que tinha uma filha e, finalmente, assumisse o papel de pai. Ela achava um pouco tarde para isso. Para qualquer coisa que quisesse fazer, tinha que fugir dos olhos atentos do pai e isso era irritante também. Ele não estava lá quando Maria mais precisou e agora queria se redimir. A novidade era que não havia nenhuma notícia do psicopata e que a liminar jurídica para ele ficar longe de Maria deveria sair nos próximos dias. A boa notícia não me deixou contente como eu esperava. Uma forte intuição me dizia que aquele capítulo ainda teria um epílogo final. Mas foi uma visão passageira. Não havia muitos lugares em meus pensamentos que não fossem ocupados pela figura de Maria e minha crescente paixão adolescente.

Maria se foi e meus avós chegaram de longe pra me ver. Sem saber, eu estava com saudades. Fiquei muito emocionado ao vê-los. Aliás, ficar emocionado convalescendo em um hospital é a coisa que mais aconteceu comigo. Eles apreciaram a visita e fizeram a gentileza de não brigar com minha mãe, pelo menos não na minha frente. Tudo por que sua filha havia passado estava estampado em seu rosto. Viram as pequenas novas rugas e o olhar de dor e perda de minha mãe. Era um alívio saber que ela estava conseguindo passar por tudo sem desmoronar e ainda cuidando de mim de maneira extraordinária. Minha franca recuperação era a prova viva de seus cuidados. Ela havia sofrido demais durante minha ida ao meu inferno particular, meus surtos e sustos, e ainda passar pelo seu próprio luto, coisa que não ficou muito bem resolvida. Minha mãe viria a sofrer toda a tristeza de perder o amor da sua vida um pouco adiante, e foi minha vez de retribuir todos os cuidados. Mas isso também é futuro, por enquanto ela estava muito ocupada salvando o filho.

Vi e falei com mais gente nesses dias movimentados que durante todo o ano que terminava e estava exausto com tantos sentimentos à flor da pele.

Minha mãe tinha coisas para fazer e, como a enfermaria onde eu estava não tinha uma cama pra acompanhantes, voltou pra casa. Ela já tinha passado duas noites na desconfortável poltrona e precisava tomar um banho demorado e dormir um pouco. Seria a primeira noite que eu ficaria sem ela desde o acidente.

Dormi sob efeito de alguns remédios e não senti nada, nem a temida Presença, nem dores, nem sonhos molestaram meu sono.

FAIXA 15 Primeiros passos

A fisioterapia se intensificou nos dias em que estava no hospital. Uma tortura necessária. Eu estava disposto e motivado, principalmente pelas visitas de Maria. Queria sair o mais rapidamente dali e começar uma vida mais ou menos normal. Sabia que ficaria no hospital somente o necessário para a adaptação e isso não duraria mais que quatro ou cinco dias e, então, poderia voltar pra casa. O sorriso no rosto de minha mãe se iluminou quando peguei as muletas e me sustentei em uma só perna. Era a primeira vez em quase um ano que ela me via em pé sem ajuda de ninguém. Dei os primeiros passos hesitantes e ela me abraçou chorando. Dessa vez, de felicidade. Depois de tudo o que ela passou, eu devia uma alegria para essa mulher tão corajosa. Agradeci mentalmente às dores da fisioterapia que fortaleceram a perna esquerda e dei mais algumas voltas pela sala com mais segurança. Agora eu podia me movimentar com cuidado.

Mandei vídeos e mensagens da minha performance sem a cadeira de rodas para Maria. Ela retornou com palmas, me parabenizou e perguntou se eu poderia guardar a cadeira de rodas para futuras intervenções amorosas. Corei de novo e dessa vez minha mãe não notou. Estava tão contente com minha recuperação que nem prestava atenção em mais nada. Respondi que, mesmo achando muito interessante a proposta, o correto era doar a cadeira de rodas para o hospital. Ela concordou com tristeza.

As muletas machucavam um pouco minhas axilas, mas eu nem ligava. Estava todo faceiro andando de um lado para o outro, pensando no que iria fazer quando ficasse bom. As viagens que minha mãe e eu vínhamos planejando como uma recompensa para o recomeço das nossas vidas. As muitas coisas que queria fazer ao lado de Maria. Voltar à escola, refazer as amizades e uma possível faculdade. Possibilidades que se abriam para mim como se eu tivesse nascido de novo. Convalescer é como estar anabolizado de esperanças e vontades. Uma energia incrível começava a me dominar. A força de um garoto em plena puberdade. Talvez essa energia vital seja a coisa de que mais tenhamos saudades quando envelhecemos. As pessoas falam dos velhos tempos. De como eram melhores e nostálgicos. Na verdade, as pessoas sentem falta da juventude, independente da época em que vivem. Sei que cada idade tem suas alegrias e dissabores, mas não há dinheiro que pague a vitalidade de ser jovem.

Com os pesadelos do meu subconsciente domados, me sentia cada vez mais forte e estava prestes a ir para casa. Finalmente, o trem desgovernado que era minha vida estava tomando um rumo. Tinha até uma namorada! Definitivamente, eu não estava preparado para ver meu mundo desmoronar de novo.

Nem cheguei a voltar para casa. O destino deu um jeito de me desafiar de novo com uma prova que estava acima das minhas capacidades. Não pensei nisso, muito menos medi as consequências, estava disposto a arriscar tudo por algo que valesse a pena. Atirei-me de cabeça no pesadelo. Só que dessa vez era algo real e palpável. Uma batalha fora da minha cabeça.

FAIXA 16 Dançando conforme a música

Último dia de hospital. Mais alguns exames, intestinos funcionando depois da anestesia e no outro dia, de manhã, eu teria alta. Estava eufórico como uma criança no Natal. O sol apontava para um dia típico de verão, sem nuvens, e achei um ótimo presságio. E como num dia típico de verão, a tarde reservava nuvens negras de tempestade com direito a raios e trovoadas.

Maria havia marcado uma visita e, inesperadamente, não aparecera. Não tinha ido ao hospital e nem me mandado uma mensagem. Uma atitude muito estranha, já que ela respeitava muito o tempo das outras pessoas e teria comunicado sua ausência.

Eu havia mandado mensagens durante o dia todo e ligado algumas vezes, sem obter resposta. As ligações iam direto para a secretária eletrônica, como se ela estivesse fora de área ou com o telefone desligado. Quando a noite caiu, eu estava bastante preocupado. As nuvens negras no céu não eram diferentes das nuvens que iam dentro de mim. Alguma coisa estava muito errada. Sem opções, ia telefonar para sua casa quando recebi uma ligação de um número desconhecido. Era o pai de Maria me perguntando se sua filha ainda estava comigo no hospital. Parecia extremamente ansioso. E seu nervosismo aumentou ainda mais quando falei que ela não tinha vindo e que eu também estava preocupado. Contou-me que seu motorista havia deixado Maria perto do hospital por volta das cinco da tarde. Fiquei sem palavras, a respiração me faltou e uma cena horrível transpassou meus pensamentos: o ex-namorado psicótico! Quase gritei. Imediatamente, a outra linha tocou. Era o conhecido número de Maria. Acalmei o pai da garota dizendo que ela estava me ligando e atendi. Eu respirava um pouco aliviado quando o chão debaixo do meu pé esquerdo sumiu e a tempestade desabou. Se não estivesse deitado tinha caído sentado e me estatelado no chão. Eu mal pensei no demônio e ele mostrou o rabo. Não só o rabo, as garras e os dentes afiados também. A voz cínica e quase alegre do desgraçado do outro lado da linha me deixou alarmado.

Falou com a calma peculiar das pessoas despossuídas de

emoções. Sabia que eu podia andar de muletas e queria saber se eu gostaria de encontrar Maria de novo, nem que fosse uma última vez para dizer adeus. O tom era mais que ameaçador, era de quem tinha tudo planejado e com controle total da situação. Desafiava-me a encontrá-los sozinho e resolver essa questão passional pessoalmente. Continuou com as ofensas de sempre dizendo que eu era um covarde escondido atrás de mulheres e muletas. Que Maria merecia um homem à sua altura. Bom, com essa eu quase concordei. Acredito que minha decisão precipitada se deva a vários fatores que o psicopata soube usar a seu favor. Uma mistura do seu jeito arrogante de falar que me tirava do sério junto com minha nova quantidade extra de energia acumulada, mais uma dose do impulso inconsequente, tão comum na adolescência. Não tive dúvidas. Eu acreditava que o máximo que poderia me acontecer era levar uma surra e ficar mais uns dias no hospital. O desgraçado nunca mais me chamaria de covarde. O que eram uns dias a mais ou a menos numa cama quando Maria dependia de mim? Em nenhum momento imaginei que algo mais sério pudesse acontecer para mim, muito menos à Maria. Fiz exatamente o que o canalha queria. Eu seguia um padrão simples de raciocínio fácil de manipular para um cara sem caráter como ele. Como a cena do filme "De volta para o futuro", em que o Marty McFly era chamado de covarde e virava o monstro da ira, se metendo em confusões terríveis. Todo mundo sabe que tentar resolver as coisas com raiva não funciona muito bem. Pra mim, não era diferente.

Peguei minhas muletas e, muito sem prática, tentei sair do quarto apressadamente. Um desastre. Quase caí, derrubei o vaso de flores que estava sobre o criado-mudo. O barulho fez com que o meu vizinho se preocupasse do outro lado da cortina que separava nossas camas. Acalmei-o, dizendo que fora um acidente com a água e ia chamar uma enfermeira para me ajudar com os cacos de vidro. Nenhuma enfermeira apareceu e eu tomei o fato como um sinal positivo do universo que me empurrava ao destino. Bravatas de moleque sem o mínimo de cérebro. Eu, que me gabava de ser tão inteligente, não estava pensando, era puro instinto e hormônios aflorados.

Saí do quarto com mais cautela. As muletas, feitas de alumínio, eram muito leves, mas ainda assim um estorvo que não tinha aprendido manipular direito. Minha inexperiência e total falta de habilidade as deixavam desconfortáveis. Não ligava para as dores que o esforço me traria em ambas as pernas. Só tinha Maria nos pensamentos e uma vontade louca de acabar de vez com aquela situação sinistra. Foram muitos filmes de heróis na cabeça. A crença de que resolveria tudo e o mal cairia diante do bem, como no cinema, não me ajudavam a ter uma lógica correta da situação. A vida real era bem diferente. Ainda assim, levei a ideia sem planejamento em frente. Iria contar com a habilidade de improviso que eu acreditava ter.

Tentei passar direto pelas enfermeiras de plantão no meu andar, sem sucesso. Uma delas me parou, perguntando onde eu pensava que estava indo. Sabia que precisava achar a resposta certa sem parecer suspeito. Maria dependia de mim e não estava disposto a falhar. Abri meu melhor sorriso, tentei parecer um cara relaxado e perguntei se não podia ir até a cantina comprar um chocolate. A enfermeira estava desconfiada e só concordou depois que a subornei dizendo que traria um delicioso pão de mel recheado com cremoso doce de leite. Pude ver a matemática que ela fazia na cabeça. Deve ter pensado que "um garoto com a perna engessada" não poderia ir muito longe e um pão de mel não faria mal a ninguém naquela noite de plantão. Enquanto ela pensava, vi um abridor de cartas de acrílico em forma de faca que parecia pontiagudo o suficiente para fazer um bom estrago. Aproveitei seu momento de distração e roubei a pequena lâmina. Coloquei-o escondido, atrás das calças, junto às costas. A enfermeira concordou em me deixar ir até a cantina, exigindo uma promessa de voltar logo. Claro que eu prometeria qualquer coisa naquelas circunstâncias.

Passei pelo segundo obstáculo. O universo continuava a meu favor ou me mandava para uma armadilha sem piedade. A lembrança da minha falta de dinheiro me livrou dos pensamentos soturnos e com isso se foi a chance de abortar a ideia e chamar a polícia. Fui até o caixa eletrônico ainda dentro do hospital, usei o cartão que minha mãe havia deixado comigo para uma eventual emergência (e aquela era uma emergência). Precisava de dinheiro para chegar ao local onde o psicopata havia levado Maria. O celular tocou e o susto quase me desequilibrou. Era o pai de Maria. Tinha esquecido o detalhe de ter deixado um homem desesperado sem notícias. Não podia atender. Recusei a chamada e continuei.

Devia ter imaginado como seria fácil sair do hospital. Não há muita segurança, afinal hospitais não são presídios; em geral, as pessoas querem entrar, e não fugir deles. Outra vez o telefone. Desliguei o aparelho. O pai de Maria ia ter que esperar. Eu resolveria tudo sozinho dessa vez.

Teria sido tudo mais fácil se, ao invés de ter bancado o destemido cavaleiro solitário, eu tivesse simplesmente chamado a polícia. O problema é que a lógica de um adolescente nunca é coerente com a circunstância e eu realmente acreditava que tinha alguma coisa pra provar a mim mesmo. Finalmente, ia tirar o sorriso da cara do idiota e livrar Maria de uma paixão obsessiva e perigosa.

Entrei no táxi e disse o endereço. O motorista me olhou desconfiado, não era um bairro para ir à noite. Perto de usuais pontos de drogas e com muitos lugares abandonados. Acalmei-o, dizendo que era uma festa em um galpão que uns amigos haviam alugado, aliás, acrescentei, seria a primeira que eu ia desde que quebrei a perna. Ele pareceu acreditar na história, se solidarizou comigo, deu um sorriso cúmplice e saiu com o carro. Convenci-me ainda mais da minha habilidade de improvisar. Estava mentindo pra todo mundo e, principalmente, pra mim mesmo. No banco do passageiro, eu analisava minhas poucas chances e procurava me convencer de que a sorte iria me favorecer e tudo daria certo. Continuava agindo por impulso. Não queria pensar no que aconteceria quando ficasse cara a cara com um adversário maior, mais forte e com objetivos claros de me fazer sofrer fisicamente. Sem dúvida, um sádico. Nada importava, queria chegar o mais rapidamente possível e ver se Maria estava bem. Depois, pensaria no que fazer.

O taxista parou em frente ao edifício abandonado. Paguei e desci do carro. O motorista ainda me perguntou se eu tinha certeza de que era ali. Apenas balancei a cabeça. Tinha certeza de que o lugar estava correto, só não tinha mais certeza do que eu estava fazendo. Parei diante da porta arrombada, me apoiando nas muletas, segurando tão forte que os nós dos dedos ficaram brancos.

FAIXA 17 O duelo

Entrei com cuidado e notei que não era um edifício, e sim um galpão abandonado com pé direito alto. Ouvia vozes abafadas que vinham dos fundos do prédio. Um lugar cheio de sombras que logo foram iluminadas por luzes dispostas no chão, transformando-se em um tablado especialmente montado para um show. Um spot de luz em cada canto, Maria no meio, sentada no chão, de cabeça baixa, e o psicopata andando de um lado para o outro, impaciente, esperando minha chegada.

Aqui começa o capítulo onde eu poderia contar a bela história de um duelo do tipo bíblico entre Davi e Golias. Como o mais fraco, por meio da astúcia, da coragem e do acaso divino consegue vencer um obstáculo intransponível. Podia inventar qualquer coisa para terminar como o herói que eu gostaria de ter sido. Não menti até aqui e não vai ser agora que vou começar.

Travei diante daquele espetáculo grotesco. Não conseguia me mexer. Vim até aqui e a covardia me impediria de ter o confronto. Eu ouvi a voz do psicopata e senti um medo paralisante. O medo de perder o que eu tinha conquistado até aqui com grande esforço. Não era a dor física que me imobilizava, a essa eu já estava acostumado. Era um medo que se interiorizou em mim. Antes, na fase profunda de depressão e ansiedade, não tinha medo de morrer, muito pelo contrário, achava na morte uma saída para meu sofrimento. Depois que eu consegui me livrar dos pesadelos, minha vida mudou e eu mudei. Não queria a morte, queria viver. Tinha muito medo de voltar a ser como antes.

Parece que meu desafeto farejou o medo como um lobo e apareceu na borda do seu palco improvisado. Olhou-me e abriu seu sorriso frio. Uma coisa medonha só de dentes, os olhos permaneciam puro ódio. Desdenhou, me chamando de aleijado e covarde. Ouvi Maria gritar ao fundo que eu era um idiota e que devia ter chamado a polícia. Perguntei como estava Maria. Ele respondeu que eu teria que ir até ali para ver. A garota gritou que estava bem e que era pra eu sair dali, não bancar o herói e trazer a polícia. Era minha última chance de fazer alguma coisa certa. Não sei se daria tempo de sair com as muletas dali e achar ajuda. Com certeza, eu teria mais chances de fazer isso do que enfrentar meu rival só com um par de muletas. Respirei fundo e, obviamente, tomei a decisão errada.

Lentamente, comecei a andar em direção aos fundos o galpão, com o psicótico ex-namorado comemorando minha burrice. Gritou que eu era um bom garoto, como um professor fala com um aluno apenas interessante. Ouvia os protestos de Maria. Ouvia, mas não escutava. Estava surdo para qualquer conselho minimamente lógico.

Cheguei à frente do tablado iluminado. Suava muito, senti duas rodelas se formarem debaixo das minhas axilas e no apoio das muletas, deixando tudo escorregadio. A primeira coisa que fiz foi procurar Maria com os olhos. Ela estava no meio das luzes, o tablado era muito maior do que eu imaginava vendo de longe. Parecia bem, sentada no chão, com as mãos algemadas à frente. As algemas eram coisas bem típicas daquele idiota. A raiva me deu forças e fui chegando perto dele, que não se mexia nem tirava o sorriso macabro do rosto. Maria estava furiosa. Reclamava comigo, com o psicopata, jogava pragas e dizia que, quando aquilo acabasse, nunca mais queria ver a cara de nenhum dos dois machinhos metidos à besta.

Perguntei, para ganhar tempo, o que ele queria de Maria e de mim pra ter todo esse esforço obsessivo. Eu esperava um discurso cheio de passagens mirabolantes ou pelo menos uma tréplica rancorosa, bem diferente das ideias simples que ele tinha. Queria Maria de volta e eu era a única "coisa", e ele frisou as aspas, que estava entre ele e a garota. Então, iria acabar comigo na frente dela pra comprovar sua superioridade e demonstrar quem ela devia amar. Maria gritou que ele estava louco e que isso nunca iria acontecer. Apelou para a parte racional que ela julgava ainda existir tanto em mim quanto no psicopata, dizendo que ainda dava tempo de acabar com essa palhaçada e todos irem para casa, inteiros. Não havia mais nada racional tanto nele quanto em mim.

O lunático disse, entre os dentes, que só duas pessoas sairiam inteiras e que se ela não calasse a boca apenas uma. Eu, por outro lado, só prestava atenção na ira que se acumulava dentro de mim e tentava levar o plano idiota e improvisado em frente.

Aproximei-me o máximo que podia. No mundo perfeito, eu bateria nele com a muleta, o sujeito desmaiava, eu salvava Maria e a polícia prendia o canalha. Meu plano brilhante não chegou nem perto de se cumprir. Peguei uma das muletas como se fosse um bastão, enquanto me equilibrava na outra. O primeiro péssimo sinal de que as coisas não iam ser tão simples foi que ele nem tomou conhecimento. Eu continuava agindo do exato jeito que ele gostaria. Era completamente previsível. Ele sabia quais botões apertar e quais alavancas puxar pra eu fazer o que ele queria. Pude ver em seus olhos que esperava o confronto mais que tudo. Ataquei e não preciso dizer que o golpe saiu desajeitado, fraco e lento. Até uma criança conseguiria se desviar. Ele não só desviou como me desequilibrou. Aproveitou e deu um pequeno empurrão na muleta de apoio. Caí como o saco de batatas que eu me sentia. Tentei não bater minha perna operada jogando o quadril do lado oposto contra o chão. Mesmo mudando o lado, ainda bati a perna ruim na perna boa e a dor foi um choque que subiu da lateral do meu corpo até explodir na minha cabeça. Por um momento, tudo ficou escuro e vi pontinhos de luz piscando, achei que fosse desmaiar. Por incrível que pareça, a dor clareou minhas ideias. No instante em que me vi deitado no chão, me debatendo como uma tartaruga de barriga pra cima, me dei conta do absurdo da situação toda e como fui tolo em cair na armadilha simplória preparada pelo psicopata. Ele não era tão imbecil quanto eu imaginava, muito menos eu era tão esperto quanto devia. Subestimei meu adversário e agora pagaria um preço alto. Estava à mercê de um lunático e não era uma simples surra que levaria. Pela expressão do seu rosto, eu só sairia dali dentro de uma ambulância ou de lugar pior. Resumindo, eu havia feito uma tremenda e, agora irremediável, besteira. Para piorar tudo, senti minha bexiga esvaziando e minhas calças molharem, para delírio da torcida adversária. Me fazer mijar nas calças foi a cereja do bolo do psicopata.

FAIXA 18

Cabeças vão rolar, um banquete e Lúcifer

O psicopata parecia fascinado pelo desenho molhado que ia aumentado em minhas calças, conforme a bexiga se esvaziava. Seus olhos brilhavam de contentamento perverso. Ele foi até Maria. Agarrou a corrente das algemas que a prendiam e a arrastou até perto de mim. Pegou em seu rosto, que ela mantinha virado para não ver a cena, e a forçou a olhar para mim. O que ela via era deprimente. Maria chorava e pedia para o psicopata parar. Fugiria para onde ele quisesse se simplesmente me deixasse em paz. Agora não tinha mais volta, dizia o psicopata. Ele acabaria comigo lentamente e depois Maria seria dele de um modo que ela não podia imaginar.

Esse foi o momento em que eu podia ter desistido de tudo. A covardia e o desânimo dominaram completamente minhas minguadas forças. Estiquei-me relaxadamente sobre o chão molhado e estava prestes a entregar os pontos. Eu queria muito ter minha vida de volta, mas, na minha mente ainda perturbada, teimava em achar que eu devia ser punido pelas falhas. Havia falhado com Maria, falhara com meu pai, falhara com minha mãe. Eu era uma sucessão de erros e agora Maria ia pagar por isso, e não havia nada que eu pudesse fazer. A situação toda parecia com meus pesadelos, só que era a vida real e eu merecia uma punição.

Pensando por esse prisma, eu já tinha enfrentado a Presença e estava treinado para esse tipo de combate, que exigia muito mais foco e determinação mental que força bruta. Não podia me dar ao luxo de desistir. A luta tinha 12 rounds e eu tinha que aguentar. Deitei completamente para raciocinar melhor e poupar energias. Nos pesadelos, eu recorria para uma canção que me faria ter boas lembranças do meu pai e me traria de volta; aqui, não tinha solução mágica, precisava de algo real. Uma coisa fria espetou levemente minhas costas. Eu havia esquecido o abridor de cartas feito de acrílico que eu roubara da enfermaria. Uma pequena esperança se acendeu dentro de mim. Se ele chegasse perto o suficiente eu poderia causar um bom estrago. Uma pequena chance onde antes só havia escuridão. Eu precisava colocar a cabeça pra funcionar e parar de agir feito um idiota tomado pela ira. A mente clareou e controlei as dores. Iria agir com frieza e tentar reverter o jogo.

O desgraçado largou Maria no chão e ligou uma pequena caixa de som. Ele preparara tudo com cuidado e só então desfiou o famoso discurso de vilão. Eu contava com sua vaidade para ganhar tempo. Esperava que ele não acabasse com tudo rapidamente. Eu precisava dos doze rounds para lutar.

"Eu sei que os pombinhos gostam de música", recomeçou o psicopata. Ele disse que também gostava muito de música e preparou um lance especial para esse momento de profunda felicidade. Eu ouvia sua ladainha, torcendo pra que ele me desse tempo de recuperação. Apertava o abridor de papel atrás das costas, como quem segura uma tábua de salvação no meio do naufrágio. O som começou. Não conhecia a música, um coro hipnótico com um batuque estranho e um cara que se apresentava como o próprio demônio, cantava que não entendia tanta confusão por conta do mal que ele fazia. Era da sua natureza semear desgraças. Ele balançava a cabeça, curtindo a música. Como uma ironia macabra do destino, aqueles eram os Rolling Stones, banda que Maria e eu ficamos de ouvir assim que eu saísse do hospital. Não era daquela maneira que a gente pensava em ouvir os Stones.

Sem se importar com meus pensamentos idiotas, o Babaca abaixou-se e pegou um cano de ferro enferrujado. Testou sua dureza contra a parede, no ritmo da música. Meu sangue gelou. Fiquei ainda pior quando minha cabeça idiota recordou a cena em que o Coringa mata o Robin de pancada em uma revista terrível da DC. Não era hora para esse tipo de recordação. O psicopata foi chegando perto de mim, dançando ao som do vodu blues. O primeiro golpe veio de surpresa e acertou meu joelho bom. A dor era algo inacreditável e, junto com o susto, arrancou um grito dilacerante de mim. Soltei a esperança de acrílico e levei as mãos para defender o corpo.

Ele parou para apreciar a música e se deleitar com o primeiro golpe. A violência o divertia profundamente. Aproximou-se para outro ataque. Dessa vez, eu estava mais preparado e me defendi com o braço esquerdo. Senti os ossos do pulso se despedaçarem. Nova dor. Ele começou a bater em toda a parte enquanto eu tentava me defender como podia. Ou agia agora ou estaria tudo perdido. Num esforço que não achei que fosse capaz, peguei o abridor de papel com a mão que ainda funcionava e desferi um golpe em direção da sua barriga. Não atingi onde gostaria. Ele se desviou um pouco e o abridor de papel acabou penetrando na lateral do seu corpo, o suficiente para que ele se afastasse, urrando de dor e raiva. Infelizmente, não foi em nenhum lugar que o colocaria fora de ação, só o que fiz foi deixar o monstro ainda mais irritado. Retirou a pequena faca sem se importar com a quantidade de sangue que saía. Olhou para ela incrédulo e a jogou de lado, longe do meu alcance. Começou a gritar comigo e com Maria. Dizia que nossas vidas pertenciam a ele e depois gargalhava. Estava completamente fora de controle. Eu reuni o resto de força para me levantar e tentar alguma coisa que eu não sabia o quê. O psicopata me mandou pra lona de novo com um tremendo soco no rosto. Parece que o sangue e o seu recente ferimento só aumentaram sua excitação. Mandava eu me levantar aos berros e dava pulinhos de um lado para o outro, como um boxeador. Olhei para Maria com o canto dos olhos e vi que ela se aproximava da pequena faca de acrílico com cuidado para não ser vista. Era nossa última chance. Eu tinha que aguentar e servir de distração para o psicopata. Na verdade, ia servir de saco de pancada para que Maria pudesse tentar uma última investida. Eu só podia torcer pra ela ter mais coragem que eu. Consegui, não sei como, ficar de pé e protegi o rosto com as mãos. Levei um soco no estômago que me fez baixar a guarda e levar outro soco no rosto. Novamente, fui à lona. Não conseguiria mais levantar, tinha certeza disso, mas alguma coisa aconteceu comigo que não sei explicar. Comecei a rir. Achei que tinha ficado maluco. Eu ria, tossia e cuspia sangue e dentes, não coseguia parar. Quanto mais eu ria, mais o lunático se irritava. Ele queria me ver sofrer, não gargalhar. Ele agarrou minha camisa e me levantou do chão como um boneco. Eu podia ver os perdigotos voando da sua boca enquanto ele gritava na minha cara para parar de rir. Ninguém ria dele, dizia, me sacudindo. Provavelmente, ele iria me matar, mesmo assim eu não conseguia evitar o riso e as tosses ensanguentadas que o deixavam furioso. Me sacudia e gritava quando, repentinamente, parou e o aperto se afrouxou. O psicopata virou-se devagar. Pela primeira vez, não havia ódio em seu rosto, e sim um expressão de incredulidade. Maria havia enfiado o abridor de papel profundamente nas costas do psicopata e agora estava com a pequena faca acrílica ensanguentada nas mãos.

O desgraçado me largou, caí pesadamente no tablado. Virou-se para Maria e eu queria gritar para que ela corresse. Nenhuma voz saía da minha boca inchada. A incredulidade virou ódio em um instante e ele agarrou o pescoço frágil da garota, perguntando por que ela tinha feito aquilo se ele a amava tanto. Maria simplesmente enfiou a faca de acrílico no intestino do desgraçado. Ele soltou o pescoço e segurou a barriga. Suas pernas fraquejaram e ele se desequilibrou como um bêbado. Num último gesto de rancor, segurou nas correntes das algemas e puxou Maria junto consigo. O psicopata caiu primeiro, Maria caiu sobre ele e ficou imóvel por alguns segundos, que me pareceram uma eternidade. Só voltei a respirar quando a garota rolou para longe, deixando a faca caída ao seu lado.

Os ombros dela se mexiam como quem chora convulsivamente. Senti uma profunda tristeza ao vê-la tão frágil, e ao mesmo tempo admirava a coragem da garota. Ela tinha salvado a nós dois e o custo foi alto. Não foi o sino do décimo segundo round que ouvi, eram sirenes que tocavam enquanto as luzes da minha consciência se apagavam.

FAIXA 19 A cara do Quasimodo

Recobrei os sentidos dentro de uma ambulância, e os perdi de novo. Na segunda vez em que acordei, estava de volta à minha velha conhecida enfermaria de paredes feitas com cortinas de plástico branco.

A primeira pessoa que vi foi minha mãe, que começou a chorar quando abri os olhos. Ela soluçava, queria me abraçar sem conseguir uma posição e perguntava mais para si do que para mim o que eu tinha feito. Finalmente, conseguiu um jeito de me abraçar e foi bom e dolorido ao mesmo tempo. Eu gemia e ela pedia desculpas, mas não conseguia me largar. Deixei minhas lágrimas rolarem junto com as dela. Quando acalmamos a emoção, perguntei, com um sopro de voz, que era tudo o que me havia sobrado de força, sobre Maria. Minha mãe contou-me que ela estava bem e em casa. Apenas hematomas e escoriações. O outro rapaz não teve tenta sorte. Minha mãe não tinha certeza, mas parece que ainda estava vivo, em coma em algum hospital. Ela esperava que ele se recuperasse e fosse diretamente pra cadeia e apodrecesse por lá. O pai de Maria tinha ficado desesperado e fez a polícia procurar por nós. O taxista que me levou para a "festa dos amigos" havia reconhecido minha foto e dado o endereço de onde me deixara para os policiais, explicou minha mãe.

Por isso, as sirenes eram as últimas coisas de que me lembrava do confronto no galpão.

Eu queria ver Maria imediatamente, mas não tinha condição física nem para falar. Minha voz era só um fiapo. Meus braços estavam engessados e tinha uma coisa no meu pescoço que devia ser um colete. Pedi um espelho. Minha mãe resistiu por um momento e eu insisti que queria ver o estrago. Olhei no espelho e achei que estaria pior. Estava parecido com o Quasimodo ou o Rocky Balboa depois de uma luta difícil com o Doutrinador Creed, mas ia sobreviver.

O médico entrou e comentou sobre a enorme confusão em que eu tinha me metido desastrosamente. Fechei a cara. Naquele momento, o que menos precisava era de um sermão. A bronca do doutor era o menor dos meus problemas. O saldo era bastante negativo. Os pinos da perna operada tinham aguentado bem e a bota conseguiu segurar o pior das pancadas. Apenas hematomas. Na outra perna, a coisa não era tão simples. O joelho esmigalhado ia precisar de outras intervenções cirúrgicas. A tíbia e a fíbula estavam fraturadas. Em outras palavras, a pancada tinha quebrado o osso da canela e o joelho. Agora, eram as duas pernas sem condições. O pulso esquerdo com vários ossos fraturados e o braço direito com luxação. O rosto tinha sofrido um bocado e eu tinha perdido uma parte do implante dentário feito depois do acidente. A boa notícia era que não tinha nenhuma concussão, então o cérebro estava a salvo. O melhor de tudo: em poucos dias, poderia voltar pra casa. E o pior de tudo: voltaria para a cadeira de rodas por um bom tempo.

Diferente do acidente com meu pai, dessa vez não havia desespero, nem perda, nem tristeza. Eu estava profundamente aliviado e grato por ter sobrevivido. Sim, ia passar por cirurgias, dores horríveis, fisioterapias torturantes, cadeira de rodas e depois muletas. Sabia de tudo isso e, mesmo assim, me sentia bem. Mesmo tendo sido um perfeito idiota, eu lutei e não me entreguei. Fiz o melhor que podia fazer. Agora eu sabia que tinha dentro de mim uma força incrível, capaz de vencer a dor, o medo, os pesadelos, as ansiedades, a depressão. Eu poderia viver minha vida plenamente. Mesmo que eu não voltasse a andar direito, mesmo que não fosse mais o mesmo garoto, agora eu sabia que não era uma aberração. A lembrança de meu pai era um conforto extra, não mais uma dor. Estava louco pra voltar pra casa e assim que pudesse iria abraçar a música e me sentir mais perto dele.

Consegui desmanchar a cara tristonha de minha mãe fazendo algumas piadas, de gosto bastante duvidoso, sobre o estado do meu rosto. Ela notou meu bom humor e sorriu, finalmente. Pedi perdão por todo o sofrimento que ela tinha passado e prometi que ia me esforçar para melhorar e ser o filho que ela sonhava que eu fosse. Ela beijou o lado do meu rosto que não estava roxo e inchado e disse que eu era o rapaz mais corajoso que ela conhecia e que me amava mais que tudo na vida. Tentei espremer as lágrimas de volta, mas elas teimaram em cair.

Minha mãe esperou a emoção passar e comentou que Maria e o pai haviam passado no hospital enquanto eu estava sedado. Tinha achado o pai da garota bem charmoso. Eu tossi de susto. Como assim? Charmoso? Tomei um gole de água difícil de engolir. Meus lábios inchados não ajudavam. Pedi pra ela se aproximar e eu disse que não acreditava que uma senhora inteligente como a minha mãe tinha caído na lábia de um mulherengo inescrupuloso como o pai de Maria. Ela me acalmou. Falou que Maria deu uma bronca no pai e pediu desculpas em nome dele, dizendo que sempre passava vergonha com sua falta de controle. Ela sorriu daquele jeito safado e me deu uma piscadela com quem diz que sabe o que está fazendo. Sussurrei que se aquele cafajeste aparecesse por ali de novo ia levar uma surra. Minha mãe sorriu de novo e acariciou o meu rosto. Me fez prometer que eu ficaria um bom tempo afastado de brigas ou qualquer coisa que envolvesse surras. Concordei sem hesitar.

FAIXA 20 O amor vem me visitar

No outro dia, eu já me sentia melhor e a voz voltava aos poucos. Consegui comer uma sopa sem graça e tomar suco. A dor não me assustava mais. Um ser humano pode ser bastante resistente.

Maria veio com o pai no começo da tarde. Minha mãe o pegou pelo braço e praticamente o empurrou para fora. Ele também não fez muita força pra ficar, o que eu achei bastante suspeito. Maria puxou uma cadeira e sentou-se perto de mim, e todos os pensamentos que não eram para ela desapareceram.

Pegou minha mão. Modo de dizer, ela pegou os dedos que saíam animados do gesso e brincou com eles por um instante. Seu rosto sombrio não era prenúncio de boas notícias. Ficamos calados por um tempo. Ela brincando com meus dedos e eu gostando muito daquele carinho.

O que Maria tinha pra falar era muito difícil. Começou dizendo que gostava muito de mim, que eu tinha sido o idiota de maior coração que ela conhecera e que nunca me esqueceria. Foi nessa parte da conversa que a coisa desandou. Maria explicou que seu pai havia resolvido todos os problemas legais que eles podiam ter e agora queria ir embora do país. Ele tinha alguns assuntos fora e achava que estava na hora de cuidar disso. Maria sabia bem que seu pai estava com medo e queria levar a garota para longe, já que o psicopata havia sobrevivido, embora estivesse em coma. O pai não queria correr nenhum risco com relação à Maria. Ele tinha muitos defeitos, mas não podia ser acusado de não amar a filha. Primeiro, perguntei quando isso seria e a resposta foi ainda mais desalentadora. Eles viajariam em breve. Esse encontro, na verdade, era um adeus.

Fiquei indignado. Maria sempre lutou pra ser livre e agora iria entregar tudo e seguir com o papai pra Europa, como um cordeirinho?

Eu tinha lutado por ela e quase morrido e isso não valia alguma coisa?

Quem fala o que quer ouve o que não quer. Eu lutei, mas quem salvou minha vida foi ela. Eu é que estava devendo, não tinha o direito de cobrar nada. Nem ela me pedia nada. Terminou a conversa dizendo que gostaria que eu compreendesse e a perdoasse, se possível. Esperei ela sair pra me debulhar em lágrimas. Nem vi os presentes que ela havia deixado: um grosso caderno, flores e uma carta.

Minutos depois, minha mãe voltou e não fez nenhuma pergunta. As duas conversaram muito enquanto estive apagado e minha mãe achava que Maria era uma garota formidável. Qualquer um no lugar dela talvez tivesse enlouquecido ou, pior, não tivesse a força para se defender e o desfecho dessa história seria algo bem diferente. O que ela podia fazer agora era consolar o coração do seu filho. Maria iria embora e nunca mais entraria na minha vida, disso ela tinha certeza.

FAIXA 21 A carta

Chorei e fiquei com raiva. Minha mãe esperou a tempestade de ira passar e me perguntou com delicadeza se não era hora de ver a carta que Maria havia deixado e entender de verdade os motivos da sua partida.

Peguei o envelope. Fiquei com ele nas mãos sem abrir, virando-o de um lado para o outro. Minha mãe brincou, dizendo que aquilo era um envelope e que dentro deveria ter uma carta. "As pessoas abrem e leem o que está escrito", completou. Devo ter feito uma cara de poucos amigos. Minha mãe levantou as mãos em sinal de paz e passou o dedo nos lábios, como quem fecha um zíper.

Na verdade, eu não queria saber os motivos de Maria; queria a garota ao meu lado e a carta era um adeus definitivo, eu tinha certeza disso.

Minha mãe me acenou, mandou um beijo e disse que ia sair um pouco. Apontou a carta e disse pra eu ler, Maria merecia isso.

Esperei um pouco, tomei coragem e abri o envelope.

Querido João,

Como eu me conheço e sei que não vou conseguir dizer tudo o que preciso, resolvi escrever esta carta. Não sei se vou conseguir passar para o papel também todos os sentimentos confusos que me acompanharam esses meses em que nos conhecemos.

Eu passei ao seu lado os melhores e os piores momentos da minha vida. Isso não é pouco. Espero ter melhores momentos de novo e que esses momentos ruins jamais se repitam. Eu não aguentaria passar por tudo aquilo de novo. Espero que você entenda que preciso ir embora.

Nunca mais seremos os mesmos. Não iria conseguir olhar pra você e deixar de sentir o medo. Sei que você me acha forte, mas sou só humana. À noite, quando fecho os olhos, só consigo ver olhos de ódio e vermelho. Por um momento, pensei que fosse enlouquecer. Na verdade, ainda penso. Tenho que ir embora e me afastar de tudo o que me lembre daquele dia. Infelizmente, isso inclui você.

Em outra vida, a gente podia ter sido o casal mais legal do mundo. Eu poderia te amar tanto quanto você me amou. Me doar pra você o tanto que você se doou por mim. Em outra vida. Nesta, é impossível. Espero que você me perdoe um dia.

Ao lado da carta te deixei um caderno e uma caneta boa pra você usar seu talento, e eu acredito que você tem muito, para escrever sua história. Escreva com a mesma emoção com que a gente ouvia as músicas. Escreva sobre seu pai com amor. Escreva sobre a grande mulher que é sua mãe, talvez a pessoa que mais tenha sofrido nessa história toda depois de nós dois.

Escreva com carinho sobre a garota sem juízo que salvou sua vida. Escreva pra você não esquecer quem é. E tente não se esquecer de mim e de como, por um tempo, nós dois fomos um só.

Com amor,

M.

Meu estoque de lágrimas parecia infinito naqueles dias. Dobrei a carta e guardei no envelope. Abri e fechei o caderno. Ainda não era hora de começar.

FAIXA 22 Hoje

Acho que cheguei à conclusão dessa parte de minha vida. Hora de escrever o último capítulo e guardar esse caderno que carrego comigo desde o dia em que Maria foi embora.

A tarefa de relembrar toda a história não foi uma jornada feliz, nem um passeio de verão. Reviver uma parte terrível do meu passado tirou da caixa muitos demônios adormecidos que eu precisava exorcizar. Fiz isso por mim mesmo. Para entender a dor. Entender a perda. Entender todo o sofrimento e os sentimentos contraditórios que eu senti e ainda sinto. O conhecimento de si mesmo é um processo intenso, difícil e impiedoso. Estou longe de saber quem sou, mas sei o bastante para manter a depressão, que teima em reaparecer, afastada e as crises de ansiedade controladas. Nunca baixo a guarda. São doze rounds. Estou e estarei sempre atento ao enorme tubarão que insiste em me rodear nas madrugadas insones. Mantê-lo afastado é um trabalho diário.

Tentei ser o mais honesto possível em retratar tudo o que eu sentia nos dias em que vivi intensamente o amor e o ódio. Os dias em que tive que lutar de uma maneira que espero que não se repita. A carta de Maria pôs um ponto final em uma fase e tudo depois seguiu com certa normalidade banal.

Pouco a pouco, me recuperei, os amigos voltaram. Hoje estou na faculdade, arrumei emprego, saí de casa, tive outros amores, enfim, tudo certo, não posso reclamar. A vida tem me dado bastante, inclusive muitas dores, principalmente quando muda o tempo, consigo prever chuva e frio melhor que qualquer meteorologista. Nem disso eu reclamo. As dores serão minhas companheiras durante a vida, sei que elas estarão sempre lá e no fundo servem de lembrete para eu não esquecer quem sou e o que passei. Felicidade? Garanto que não sou infeliz, porém felicidade plena não passa de propaganda ruim de banco.

Minha mãe vive sua vida. Independente. Toda quarta, a gente se encontra pra almoçar e colocar a conversa em dia. Ela me cobra um neto. Não sei se consigo ter e criar uma criança. Brinco que primeiro preciso achar alguém que me aguente. Ela sabe que é só medo e me consola, dizendo que não é tão difícil assim, e me dá uma daquelas piscadelas safadas. Sei exatamente o que ela quer dizer.

A saudade do meu pai nunca me abandona. O amor que tenho por ele só aumenta, enquanto o tempo, impiedoso, apaga aos poucos a imagem do seu rosto da minha memória. Hoje, tenho que recorrer a velhas fotografias para lembrar como era meu pai. Quando a falta dele torna-se insuportável, eu apelo pra música. Herdei sua guitarra, a vitrola e os discos, acrescentados de outros tantos vinis que coleciono. Aprendi música e toco um pouco, nada do outro mundo, mas consigo me divertir. A música me une ao meu passado e a meu pai. A música me liberta da minha própria loucura e alivia a saudade e as dores.

A música também me traz recordações de Maria. Como ela havia prometido, nunca mais me procurou. Eu tentei encontrá-la, sem sucesso. Agora eu entendo o tamanho do trauma que foi a noite que passamos nas mãos do psicopata. Compreendo sua vontade de apagar essa parte do seu passado. Espero, de coração, que ela esteja bem e feliz. Ela foi o meu primeiro amor. Não sei se o maior, mas, com certeza, o mais avassalador e inesquecível. Terá sempre um lugar no meu coração. O psicopata sobreviveu e está numa prisão psiquiátrica, de onde espero que nunca saia.

Agora vou até a vitrola achar um velho disco que toque fundo e mexa com minhas feridas.

A música sempre salva minha vida!

FIM

REMASTERIZADO

Discos que João ouviu durante sua convalescência e que você pode ouvir enquanto lê esse livro:

LED ZEPPELIN
"Led Zeppelin IV" (1971) e "Houses of the Holy" (1973)

QUEEN
"A Night at the Opera" (1975) e "A Day at the Races" (1976)

BEACH BOYS
"Pet Sounds" (1966)

CLASH
"London Calling" (1977)

BEATLES
"Sgt. Pepper's Lonely Hearts Club Band" (1967)
"Abbey Road" (1969)
"The Beatles" (1968), também conhecido como "Álbum Branco"

JOHN LENNON E YOKO ONO
"Double Fantasy" (1980)

AC/DC
"Highway to Hell" (1979) e "Back in Black" (1980)

ELTON JOHN
"Honky Château" (1972)

JOAN JETT AND THE BLACKHEARTS
"I Love Rock'n Roll" (1981)

CAT STEVENS
"Tea for the Tillerman" (1970)

DAVID BOWIE
"The Rise and Fall of Ziggy Stardust and The Spiders From Mars" (1972)

MARVIN GAYE
"Let's get it on" (1973)

PINK FLOYD
"The Dark Side of the Moon" (1973) e "Wish You Were Here" (1975)

DEREK AND THE DOMINOS
"Layla and the Other Assorted Love Songs" (1970)

ROLLING STONES
"Beggars Banquet" (1968)

Alguns livros que foram citados por João:

"Deixe ela entrar": romance de terror de John Ajvide Lindqvist.

"Red Rocket 7" (1998): HQ ilustrada e escrita por Mike Allred.

"40 anos do Queen" (2011): biografia e outras coisas, por Harry Doherty.

"O Pequeno Livro dos Beatles" (2010): HQ escrita e ilustrada por Herve Bourhis.

"Carrie" (1974): romance epistolar de terror escrito por Stephen King.

"Crônicas Marcianas" (1950): ficção científica de Ray Bradbury.

Este livro foi impresso em julho de 2019
pela gráfica PSI7 em papel Pólen Soft 70g
utilizando as fontes Lemon Tuesday para
os títulos e Minion Pro para o texto.